図書館版 本の怪談シリーズ⑨

# 学校《がっこう》の怪談《かいだん》 黄色い本

作 緑川聖司
絵 竹岡美穂

# もくじ

# 黄色い本

「ねえねえ、一番怖《こわ》い怪談《かいだん》って知ってる？」

十二月のやわらかな夕陽がさしこむ放課後の教室。一番前の席に座《すわ》っていた髪《かみ》の長い女の子が、ささやくような声でいった。

「一番怖い怪談？」

となりに座っていたショートカットの女の子が、首をかしげてききかえす。髪の長い女の子は「うん」とうなずいて、

「怪人《かいじん》アンサーとか、メリーさんの電話よりも怖い怪談」

笑いをふくんだ声でそういった。

一番うしろの席で、ほおづえをつきながら待ち合わせの相手をぼんやりと待っていたわたしは、おもしろそうな話題に、そっとききき耳をたてた。

「それって、紫《むらさき》の鏡《かがみ》とかすきま女《おんな》よりも怖《こわ》い怪談《かいだん》っていうこと？」

ショートカットの女の子がきくと、髪《かみ》の長い女の子はうなずいた。

「地獄《じごく》の牛鬼《うしおに》やヘビの首よりも？」

「もっともっと怖い怪談」

「なんだろ……」

「あのね……」

髪の長い女の子が、ショートカットの女の子の耳元に口をよせて、わたしがぐっと身をのりだしたとき、

「お待たせ」

突然《とつぜん》、うしろから肩《かた》をたたかれて、わたしは「きゃっ」と悲鳴をあげながら、いすの上でとびあがった。

ふりかえると、わたしの反応におどろいた美和子《みわこ》ちゃんが、目を丸くしてかたまっていた。

「どうしたの？」

「なんだ、美和子《みわこ》ちゃんか。おどかさないでよ……」

わたしが胸《むね》をおさえながら顔を前にむけると、ふたりの女の子のすがたはいつのまにか教室から消えていた。

「あれ?」

わたしは立ちあがって、あたりを見まわした。だけど、教室の中にはわたしと美和子ちゃん以外《いがい》、だれもいない。

「ねえ……いま、前のほうの席に女の子がふたりいなかった?」

わたしがきくと、

「女の子?」美和子ちゃんはいぶかしげな顔で首をかしげた。

「なにいってるの? わたしがきたときには、教室にはゆかりしかいなかったわよ」

「そんな……」

さっきまでいたのだから、美和子ちゃんが見ていないはずがない。わたしがぼうぜんとしていると、

「わかった!」

美和子《みわこ》ちゃんは突然《とつぜん》にやりと笑って、わたしの背中《せなか》をバシッとたたいた。

「ゆかり、わたしを怖《こわ》がらせようとしてるんでしょ？」

「え、いや、わたしはべつに……」

わたしが否定《ひてい》しようとすると、

「いいの、いいの。わたしがわざわざこんなところにゆかりを呼《よ》びだしたのも、そういう話をするためだったんだから」

美和子ちゃんはひとりで勝手に納得《なっとく》して、わたしのむかいに腰《こし》をおろした。

こんなところというのは、いまは空き教室になっている、元六年四組の教室のことだ。わたしは六年三組、美和子ちゃんは六

年二組で、いまはどの学年も三組までしかないんだけど、昔は四組とか五組まであったらしい。

ここ数年、子どもの数がへったせいでクラスの数もへっていて、使われなくなった空き教室は、パソコンルームになったり学童保育に使われたりしているのに、ここだけが空き教室のままなのは、なにかが「でる」からじゃないかというもっぱらの噂《うわさ》だった。

（――っていうことは、もしかしたらさっきの二人組が……？）

なんてことを考えていると、

「これなんだけどね……」

美和子《みわこ》ちゃんは一枚《まい》の紙を、わたしの前につきだした。どうやらパソコンの画面をプリントアウトしたもののようで、一番上に、まるで血がしたたるようなまっ赤な文字で、

〈学校の怪談《かいだん》コンテスト　開催決定《かいさいけってい》！〉

と書いてある。

「怪談コンテスト？」

わたしはその紙を手にとって、首をかしげた。おどろいたことに、募集《ぼしゅう》しているのは、

わたしたちの住んでいるこの御手洗市《みたらいし》だ。

「学校の怪談《かいだん》の中で、一番怖《こわ》い話をきめるんだって。どう？　おもしろそうでしょ？」

「これって、もしかして毎年やってるの？」

今年の五月にこの街にひっこしてきたばかりのわたしがきくと、美和子《みわこ》ちゃんは「さあ……」と首をひねった。

「わたしはきいたことないけど……。それでね、新聞部もこれに参加しようと思うんだけど、ゆかりってこういう話、とくいでしょ？　協力してくれないかな？」

「べつにとくいってわけじゃ……」

「でも、よく怖い体験してるじゃない」

「そんなことないよ」

たしかに、ひっこしたばかりの家でなぞの物音をきいたり、金しばりにあったり、放課後の学校で黒い人かげに追いかけられたりはしたけど——と、わたしがいうと、

「それだけあれば、十分だって」

美和子ちゃんは笑ってわたしの肩《かた》をバシバシとたたいた。

美和子《みわこ》ちゃんは、この春から学校新聞の編集長《へんしゅうちょう》をつとめている。わたしも転校してすぐに新聞部に入ったんだけど、前の学校でもずっと新聞部だったので、いきなり副編集長をまかされていた。

「でも、どうするの？　次の号でみんなから学校の怪談《かいだん》を募集《ぼしゅう》するとか？」

「それが、次の号まで待ってられないのよ」

美和子ちゃんはそういって、プリントの中のある一点を指でしめした。応募《おうぼ》のしめきりまで、あと一週間しかない。

「いまから臨時特集号《りんじとくしゅうごう》を大いそぎで編集したとしても、だせるのは早くて五日後でしょ？　そこから募集して——ってなると、ちょっときびしいのよね」

「それじゃあ、どうするの？　七不思議でも応募する？」

うちの学校にも、七不思議はある。わたしが転校早々、友だちの亜衣《あい》ちゃんにおしえてもらったのは、こういうやつだった。

1．金曜日の午前〇時になると、だれもいない音楽室からピアノの音がきこえてくる。それはとてもきれいな曲だけど、最後までできくと、あの世につれていかれてしまう。

2．図書室の奥《おく》にかかっている四人家族の肖像画《しょうぞうが》は、もともとは三人家族だった。十年くらい前、お兄ちゃんがほしくなった女の子が、図書室に通っていた本好きの男の子を絵の中にひきこんだらしい。だから、おもしろそうな本をもって肖像画の前を通ると、絵の中から手がのびてきて、本ごと絵の中にひきずりこまれる。

3．雨の日には、グラウンドを走る男の子の幽霊《ゆうれい》が現《あらわ》れる。それは昔、雨の日にマラソンの練習《れんしゅう》をしていて、風邪《かぜ》を引いて死んでしまった男の子の霊で、自分が死んだことに気づかずに、いまでも練習を続《つづ》けているらしい。もし男の子に見つかったら、雨がやむまで練習につきあわされる。

4．視聴覚室《しちょうかくしつ》のテレビを四時四十四分に見ると、スイッチを入れてないのに人の顔が映《うつ》る。

女子が見ると男の人の顔が、男子が見ると女の人の顔が見える。それが将来《しょうらい》の結婚《けっこん》相手《あいて》。もしなにも見えなかったら、その人は一生結婚できない。

5. 昔、かくれんぼをしていて、教室の後ろにある掃除《そうじ》道具入れのロッカーにかくれた男の子が、ロッカーごとたおれて頭を強く打って死んでしまった。それ以来《いらい》、掃除の時間以外にそのロッカーを開けると、男の子が現《あらわ》れて、中に引きずりこまれてしまう。

6. 雨の日には、校門の前に雨女《あめおんな》が現れる。
雨女は、雨の日に学校の前で車にひかれて死んでしまった女の子のお母さんの霊《れい》で、そのお母さんは、自分がむかえにいかなかったからむすめは死んだんだと思いこんで自殺《じさつ》してしまった。それ以来、そのむすめと同じ赤いかさをさして帰ろうとすると、『うちのむすめを知らない?』ときいてくる。『知ってる』とこたえると、『つれてきて』といわれて、つれてこなかったら『うそつき』といわれて殺《ころ》される。『知らない』とこたえたら、『なんで知らないんだ』といわれて、やっぱり殺される。『あなたのむすめさんは先に帰りました』といえば助かる。

そして、七不思議を七つとも知ってしまったら死んでしまうので、七つ目はだれも知らない——というのが、七つ目の不思議だった。

もっとも、昔の学校新聞には、いま伝わっているのとはまたべつの七不思議がのっていることもあって、わたしはこの学校の怪談を七つ以上《いじょう》知ってるんだけど……。

「うーん……あれだとちょっと、ありきたりなんだよね」

美和子《みわこ》ちゃんは口をとがらせて腕《うで》をくむと、いたずらっぽい笑《え》みをうかべながらいった。

「ねえ、もっと怖《こわ》い怪談《かいだん》を、いっしょにさがしてみない？」

「えっ？」わたしは口をポカンとあけた。

「怪談をさがすって……どうやって？」

「一応、掲示板《けいじばん》にもはり紙したりして、全校生徒から募集《ぼしゅう》しようとは思ってるんだけど……それとはべつに、昔の資料《しりょう》とかききこみで見つけられないかな」

「うーん……」

わたしは眉《まゆ》をキュッとよせると、あらためて募集内容《ぼしゅうないよう》に目を通した。


〈求む！　学校の怖《こわ》い怪談《かいだん》！

あなたの学校に、本当に怖い怪談はありませんか？

時代や場所は問いません。ただし、学校の怪談であること、それから、原則として体験《たいけん》談《だん》にかぎります。

応募資格《おうぼしかく》は、御手洗《みたらい》市内の学校に在学《ざいがく》・在職《ざいしょく》している方なら、どなたでもかまいません。

たくさんのご応募《おうぼ》、お待ちしています〉

わたしはふと、さっき耳にしたばかりの会話を思いだして、美和子《みわこ》ちゃんにきいてみた。

「ねえねえ、一番怖い怪談って、どんな話だと思う？」

「一番怖い怪談？」

美和子ちゃんは、しばらく天井《てんじょう》を見あげていたけど、やがて「わたしはやっぱりあれかな……」とつぶやいた。

「あれって？」

「うん。最近、塾《じゅく》の友だちからきいた話なんだけどね……」

# 第一話　目撃者《もくげきしゃ》

（おそくなっちゃったな……）

夜の十一時すぎ。タケルはマンションのエレベーターホールで、エレベーターがおりてくるのを待っていた。

小学六年生のタケルは、中学受験《ちゅうがくじゅけん》のためにとなり町の塾《じゅく》まで通っているのだが、きょうは帰りに友だちとコンビニでおしゃべりをしていて、気がついたらこんな時間になってしまったのだ。

早くこないかなあ、と思いながら、その場で足ぶみをしていると、しばらくしてようやくエレベーターがおりてきた。

ドアが開いて、タケルがのりこもうとすると、まっ黒なパーカーに黒いニット帽《ぼう》を目深《まぶか》にかぶった背《せ》の高い男が、あわてた様子でエレベーターからとびだしてきた。

男はタケルの肩《かた》にぶつかりながら、立ちどまりもせずに、ホールからかけだしていく。

（なんだ、あいつ……）

ちょっと腹《はら》をたてながら、エレベーターにのって四階のボタンを押《お》したタケルは、顔をあげてドキッとした。

エレベーターホールのガラスにはりつくようにして、さっきの男が暗い目つきで、じっとこちらをにらんでいたのだ。


次の日の夕方。タケルが学校から帰ると、マンションの前にパトカーが何台もとまっていた。

なにかあったのかな、と思いながら、子ども部屋にランドセルを置いてリビングにもどると、お母さんがジュースをコップにそそぎながら、

「ゆうべ、おかしな人に会わなかった？」

ときいてきた。

「おかしな人？」

すぐにあの黒ずくめの男が頭にうかんだけど、一瞬《いっしゅん》考えてから、タケルは首を横にふった。

「ううん。会わなかったよ」

会った、なんてこたえたら「おそく帰ってくるから、そんな人に会うのよ。今度から、より道せずにまっすぐ帰りなさい」といわれると思ったのだ。

すると、お母さんは眉《まゆ》をひそめて、

「じつは……ゆうべ、このマンションで殺人事件《さつじんじけん》があったらしいのよ」

ささやくような声で、そんなことをいいだした。

「えっ？」

タケルはコップにのばしかけていた手をとめた。

お母さんの話によると、タケルが帰ってくる直前に、警察《けいさつ》の人が、「昨夜《さくや》の十一時ごろ、あやしい人を見ませんでしたか」とききこみにきたのだそうだ。そのときは、それ以上《いじょう》くわしい話はきけなかったんだけど、あとで管理人《かんりにん》さんにきいたところ、どうやらマンションの中で殺人事件《さつじんじけん》があったらしい。

（まさか……）

タケルの頭に、ふたたびゆうべの男がうかんだ。

だけど、いまさら「エレベーターホールであやしい人とぶつかった」なんていったら、「どうしてだまってたの」っておこられるにきまってる。

それに、あの男が事件に関係《かんけい》あるとはかぎらないし……。

「どうしたの？」

手がとまったタケルの顔を、お母さんが不思議そうにのぞきこむ。

「なんでもない」

タケルは首をふって、ジュースを一気に飲みほした。


次の日。学校から帰ると、マンションの前にはパトカーだけではなく、テレビ局の車もとまっていた。

タケルもマイクをもった女の人に呼《よ》びとめられたけど、無視《むし》して家に帰ると、さっそくテレビをつけた。

ニュースによると、事件《じけん》があったのはこのマンションの五階で、ひとりぐらしの女の人がナイフでさし殺されて、お金がうばわれていたらしい。

無断欠勤《むだんけっきん》している女の人を心配した会社の人が、きのうの夕方に部屋をたずねて、女の人の死体を発見したのだそうだ。

犯行時刻《はんこうじこく》はおとといの夜十時から十一時ごろとみられているというのをきいて、

(もしかしたら、本当にあれが犯人《はんにん》だったのかも……)

と思ったけど、いまさら申してでる勇気はなかった。それに、マンションの入り口には防犯《ぼうはん》カメラもあることだし、自分がいわなくてもいずれ犯人は逮捕《たいほ》されるだろう。タケルは、あの男とすれちがったことはだまっていようと心にきめた。


それから数日がたって、マンションの前からようやくテレビカメラもパトカーもいなくなったある日の夕方のこと。

タケルがひとりでるすばんをしていると、部屋のチャイムがピンポーンと鳴《な》った。

玄関《げんかん》のチェーンをかけたまま魚眼《ぎょがん》レンズをのぞきこむと、帽子《ぼうし》を目深《まぶか》にかぶった宅配便《たくはいびん》のお兄さんが、ドアの前で大きな段《だん》ボール箱を手にして立っていた。

タケルがチェーンをはずしてドアを開けると、お兄さんはタケルの肩《かた》ごしに部屋をのぞきこんで、

「ぼく、いまひとり?」

ときいてきた。

「はい」

タケルがうなずくと、

「気をつけたほうがいいよ。最近、物騒《ぶっそう》だからね。知ってる？　この間、このマンションの上の階で、殺人事件《さつじんじけん》があったんだって」

お兄さんは段《だん》ボール箱をいったん足下に置いて、ウエストポーチから伝票《でんぴょう》とペンをとりだしながら、帽子《ぼうし》の下でニヤリと笑った。そして、

「最近の小学生は、塾《じゅく》にいったりして帰りがおそい子も多いみたいだけど、きみはどう？　事件のあった日に、あやしい男を見かけたりしなかった？」

とつづけた。お兄さんの言葉に、タケルは一瞬《いっしゅん》まよった。自分からはいいだしにくいので、お兄さんにおねがいして、あの男のことをかわりに警察《けいさつ》につたえてもらおうかと思ったのだ。だけど、顔をはっきり見たわけじゃないし、あんまり役にたたないかもしれないな
――考えたすえ、タケルは首を横にふった。

「見てません」

「本当に？」

お兄さんは帽子《ぼうし》のつばを少しあげると、タケルの顔を正面からじっと見つめた。なんだかやけにこだわるな、と思いながら、タケルははっきりとうなずいた。

「はい。本当です」

「そうか……」

お兄さんは、なぜかしばらく無言でうつむいていたけど、やがてドアの横の表札に目をやって、「あれ？」とわざとらしく声をあげた。

「こちら、山田《やまだ》さんのお宅《たく》じゃなかったんですね」

「え？　あ、はい……」

「すいません、部屋をまちがえました」

お兄さんはそういって箱をもちあげると、箱の中身をガシャガシャと鳴らしながら、足早に立ちさっていった。

（なんだったんだ……）

そのうしろすがたを、タケルはあっけにとられて見送った。

数日後。晩《ばん》ごはんを食べながらテレビのニュースを見ていたタケルは、思わず「あっ」と声をあげた。

「あら、犯人《はんにん》がつかまったのね」

お母さんがニュースに気づいて、ボリュームをあげる。

「……警察《けいさつ》の発表によると、犯人の男は、半年ほど前から被害者《ひがいしゃ》の女性《じょせい》に一方的につきまとい……」

「つかまってよかったわねえ……」

キャスターの言葉もお母さんの声も耳に入らずに、タケルはテレビの画面をくいいるように見つめた。

そこに犯人の顔写真としてうつしだされていたのは、あの宅配便《たくはいびん》のお兄さんの顔だった。

了

「――それって、宅配便《たくはいびん》のお兄さんが犯人《はんにん》だったたっていうこと?」

話をきき終わって、わたしが首をかしげると、

「そうじゃないの」と、美和子《みわこ》ちゃんは首をふった。

「その人は、宅配便でもなんでもなかったのよ」

「え?」

わたしは一瞬《いっしゅん》、意味がわからなかった。

そして、美和子ちゃんの説明をきいて、意味がわかると同時に全身に鳥はだがたった。

犯人は、やはりエレベーターホールですれちがったあの男だったのだ。

男はホールの外から、男の子がのったエレベーターが何階にとまったのかを確認《かくにん》すると、

何日かたって警察《けいさつ》がいなくなってから、どこからか手に入れた宅配便《たくはいびん》の配達員《はいたついん》のかっこうをして、男の子の部屋をたずねた。そして、わざと自分の顔を見せて、男の子の反応を見ることで、事件《じけん》の夜、自分の顔を見たかどうかをたしかめにきたのだ。

もし、男の顔を見たときに「あっ」という反応をしていたら──

「しかも、男の部屋からは、凶器《きょうき》のナイフが宅配便の段《だん》ボール箱に入って発見されたんだって」

美和子《みわこ》ちゃんの言葉に、わたしはまたゾッとした。

「……それはたしかに怖《こわ》いね」

わたしが身をすくめながらいうと、美和子ちゃんは苦笑いをうかべて、

「だけど、これって学校の怪談《かいだん》じゃないんだよね」

といった。

「あ、そうか」

わたしが口に手をやったとき、

「こんなところで、なにしてるの？」

突然《とつぜん》声をかけられて、わたしたちがふりかえると、担任《たんにん》の吉岡《よしおか》先生が、いつのまにかドアのところに立っていた。

「あ、えっと、ちょっとうちあわせを……」

美和子《みわこ》ちゃんが頭をかきながらこたえる。六年四組の教室は、いちおう立ち入り禁止《きんし》になっているのだ。吉岡先生は机《つくえ》の上のプリントをのぞきこむと、「へえ」と目をまるくして、

「これに応募《おうぼ》するの？」

わたしたちの顔をこうごに見ながらいった。

「はい」

美和子ちゃんが元気よくうなずいて、先生を見あげる。

「それで、わたしたち、怖《こわ》い怪談《かいだん》をさがしてるんですけど……」

「怖い怪談ねえ……」

先生は腕《うで》をくんでむずかしい顔をしていたけど、やがて、

「だったら、あれにのってるかも……」

小さな声でつぶやいた。

「心あたりがあるんですか？」

美和子《みわこ》ちゃんが身をのりだす。吉岡《よしおか》先生はあいまいにうなずいて、

「たしか、二十年ほど前にもおなじようなコンテストがあって、そのときに校内で募集《ぼしゅう》した怪談《かいだん》をまとめた冊子《さっし》があるはずなの。わたしも現物《げんぶつ》を見たことはないんだけど……一度読んでみたら？」

「それ、どこにあるかわかりますか？」

美和子ちゃんの問いに、少し考えるそぶりを見せてから、先生はこたえた。

「たぶん、図書室なら一部くらいはのこってるんじゃないかな」

「図書室ですね」

美和子ちゃんはわたしの手をつかむと、そのまま教室をとびだして、ろう下をはしりだした。

うちの学校の図書室は、北校舎《きたこうしゃ》の四階の一番はしにあって、日あたりがよくないせいか、昼間でもうす暗い。そのうえ建物が古くて、どこからかすきま風が入ってくるので、冬場はとくに利用者が少なかった。

「すいません」

美和子《みわこ》ちゃんが、貸《か》しだしカウンターの中で、ひとりしずかに本を読んでいた司書の山岸《やまぎし》さんに声をかけた。

「あら？　新聞部のエースが、ふたりそろってどうしたの？」

にっこり笑って顔をあげた山岸さんに、美和子ちゃんが怪談《かいだん》コンテストのことを説明して、冊子《さっし》についてたずねると、

「ああ、『黄色《きいろ》い本《ほん》』のことね」

山岸さんは、すぐにうなずいた。

「『黄色い本』？」

わたしは反射的《はんしゃてき》にききかえした。そのタイトルに、心がざわっと波うつのを感じる。

「ちょっと待ってて」

山岸《やまぎし》さんは、カウンターの奥《おく》にあるドアのむこうへとすがたを消すと、すぐに小さな冊子《さっし》を手にしてもどってきた。

「これなんだけど……」

わたしは表紙になにも書かれていない、いかにも手作りな感じの小冊子を手にとった。学校新聞に使われているのと同じザラ紙をホッチキスでとめていて、本というより、なんだか修学旅行《しゅうがくりょこう》のしおりみたいだ。つくられてから、ずいぶん時間がたっているらしく、紙はすっかり黄色くなっていて、慎重《しんちょう》にあつかわないとボロボロにくずれてしまいそうだった。

「これが『黄色い本』ですか？」

てっきり本物の本だと思っていたわたしは、少し意外に思いながら山岸さんの顔を見た。

山岸さんはうなずいて、

「わたしがこの学校に着任《ちゃくにん》したときに、前任の司書さんからひきつぎをうけたの。昔から、そう呼《よ》ばれているんですって」

とこたえた。

わたしと美和子《みわこ》ちゃんは手近ないすにならんで腰《こし》をおろすと、そっと表紙をめくった。

中身は一応、手書きではなく、印刷《いんさつ》された活字だった。二十年前ということは、もしかしたらパソコンではなく、ワープロで書かれたのかもしれない。

小冊子《しょうさっし》は、まえがきからはじまっていた。

「まえがき

これは、市の主催《しゅさい》する怪談《かいだん》コンテストに応募《おうぼ》するために、児童会《じどうかい》で募集《ぼしゅう》した『あなたの知っている学校の怪談』の中から、とくに怖《こわ》い怪談をえらんでまとめたものです。

読みやすいように、話は多少、小説っぽくまとめてありますが、中身はすべて投書された内容《ないよう》にもとづいています。

募集の条件《じょうけん》は「原則《げんそく》として体験談《たいけんだん》であること」でした。つまり、ここにのっている怪談は、すべて実話ということです。

ただし、作中にでてくる名前は、原則として仮名にしてあります。

なお、この冊子《さっし》を読んだことでなにかおこっても、責任《せきにん》はとりません。
それでは、怪談《かいだん》の世界をおたのしみください。

六年四組　山岸良介《やまぎしりょうすけ》」

最後に書かれた名前を見て、わたしの心臓《しんぞう》は大きくはねあがった。

半年前、この町にひっこしてきたわたしは、新しい家の屋根裏部屋《やねうらべや》で一冊の本を見つけた。

それは短い怪談がいくつものった短編集《たんぺんしゅう》で、その本との出会いをきっかけにして、わたしはいろいろと怖《こわ》い思いをすることになるんだけど……。

その本の名前は『赤い本』。そして、その本の作者の名前が『山岸良介』だったのだ。

そして、ここにも『黄色い本』と『山岸良介』という名前が……。

(あの本の作者は、もしかしたらこの学校の卒業生《そつぎょうせい》だったのかも……)

そんなことを考えながら、わたしがその名前にくぎづけになっていると、

「どうしたの？」

美和子《みわこ》ちゃんが少し心配そうな顔で、わたしの顔をのぞきこんだ。

「あ、ごめん。なんでもない」

わたしは首をふってほほえむと、胸《むね》に手をあてて呼吸《こきゅう》をととのえてから、ゆっくりとページをめくった。

## 第二話　図書室の少年

うちの学校の図書室には、本好きの男の子の幽霊《ゆうれい》がでるという噂《うわさ》があります。

その男の子は本が大好きで、毎日のように図書室に通っていたのですが、五年生になったばかりのある日、神社のうらの池でおぼれて死んでいるのが見つかったそうです。

自殺《じさつ》ではないかという意見もありましたが、動機《どうき》がないこと、足をすべらせたあとがあったこと、そしてなにより、池からひきあげられた男の子の手に、前の日に図書室からかりたばかりの本がしっかりとにぎられていたことから、池に落ちた本をとろうとして、足をすべらせたのだろうということで決着がつきました。

わたしがこの学校の五年一組に転校してきたのは、男の子が亡《な》くなった次の年のことです。

わたしにその話をおしえてくれたのは、同じクラスの珠美《たまみ》ちゃんでした。

わたしが男の子と同じように、毎日のように図書室に通っていたので、心配しておしえてくれたのです。

「図書室にいくときは、気をつけてね」

ある日、図書室にいこうとしたわたしを呼《よ》びとめて、珠美ちゃんはいいました。

「四時四十四分になると、奥《おく》から四番目のたなの前に男の子の霊《れい》が現《あらわ》れて、本の好きな子をつれていっちゃうらしいから」

「そうなの？」

ありがとう、気をつけるね、といって、わたしは図書室にむかいました。

図書室は北校舎《きたこうしゃ》の四階にあって、日あたりが悪くてうす暗いので、いつも人気《ひとけ》がありません。

すっかり顔見知りになった司書さんにあいさつをして、かりていた本をかえすと、わたしは本だなから目についた本を手にとって、一番奥《おく》の机《つくえ》で読みはじめました。

そして、カウンターのうしろにある壁時計《かべどけい》で、もうすぐ四時四十四分になることをたしかめると、四番目のたなの前に立ちました。

忠告《ちゅうこく》してくれた珠美《たまみ》ちゃんには悪いのですが、幽霊《ゆうれい》が怖《こわ》いという気持ちよりも、本好きの男の子の幽霊に会ってみたいという気持ちのほうが強かったのです。

わたしがドキドキしながら待っていると、本だなの前に、色の白い男の子のすがたがぼんやりと現《あらわ》れました。

男の子は、とても悲しそうな顔で本だなを見あげています。

「なにか、心のこりなことがあるの？」

わたしが思わず声をかけると、男の子はおどろいたような表情《ひょうじょう》でわたしのほうを見ました。おそらく、いままでだれかに話しかけられたことなどなかったのでしょう。

男の子は小さくうなずくと、本だなの中から一冊《さつ》の本を指さしました。

それは、児童《じどう》むけに書かれた海外の推理小説《すいりしょうせつ》でした。

その本が読みたかったけど、読めずに死んでしまったのが心のこりなのかな、と思っていると、男の子はつづけてべつの本を指さしました。

それも、やはり児童むけの推理小説です。ただし、今度は日本の作家さんが書いたものでした。

両方読んだことのあるわたしは、二冊の共通点に気づいてあぜんとしました。それは――

「なんだよ、大事な用って」

大橋《おおはし》くんは、ポケットに手をつっこんで、口をとがらせながらわたしをにらみつけました。

次の日の放課後。わたしは六年四組の大橋くんを、大事な用があるからといって、図書室に呼《よ》びだしたのです。

五年生のいうことなんかきいてくれるかな、と少し心配でしたが、

「去年、池で死んだ男の子のことで話があるんですけど……」

と耳打ちすると、おとなしくついてきました。

わたしは図書室の奥《おく》に大橋くんをさそうと、大きく息をすいこんでからいいました。

「あの男の子は、本当に事故《じこ》で死んだんですか？」

「ど、どういう意味だよ」

大橋くんは、ギョッとした顔でいいました。

「わたし、知ってるんですよ」

わたしがかさねていうと、大橋くんは一瞬《いっしゅん》言葉につまりましたが、すぐに、

「うそつけ」

強い口調でいいかえしてきました。

「おまえ、転校生だろ？　そんなやつが、なんで去年のことを知ってるんだよ」

わたしはちょっとひるみました。

じつは、男の子の幽霊《ゆうれい》が指さした本は、二冊《さつ》とも「被害者《ひがいしゃ》は事故死《じこし》と思われていたけど、じつは最後に会った人物が犯人《はんにん》だった」という内容《ないよう》の推理小説《すいりしょうせつ》だったのです。

そこでわたしは、男の子のすがたを最後に目撃《もくげき》したと証言《しょうげん》している大橋《おおはし》くん（これは、情報通《じょうほうつう》の珠美《たまみ》ちゃんにきいたらすぐにわかりました）を図書室につれてきて、なにか知っているようなふりをすれば、口をすべらせるんじゃないか――そう思ったのですが、どうやら考えがあまかったようです。

わたしが、さあどうしよう、とこまっていると、大橋くんがわたしの肩《かた》ごしにうしろを見て、突然《とつぜん》「ゲッ」とのどがつぶれたような声をあげました。

その視線《しせん》の先を追ってわたしがふりかえると、男の子の幽霊《ゆうれい》が、うらめしそうな顔で大《おお》橋《はし》くんをじっとにらんでいました。

大橋《おおはし》くんは、おどろきと恐怖《きょうふ》のあまり、声もでないようです。

男の子の幽霊《ゆうれい》が、ポタリ、ポタリと水のしずくを落としながら、ゆっくりと大橋くんに近づいていきます。

「あ、あ、ああ……」

大橋くんは腰《こし》をぬかして、その場に座《すわ》りこむと、顔の前で両手をめちゃめちゃにふりまわしました。

「ご、ごめん！　悪かった！　そんなつもりじゃなかったんだ。ちょっとおどかすつもりで……まさか死ぬなんて……」

男の子の幽霊が、口からゴボッと泥水《どろみず》をはきだしながら、大橋くんにだきついていくのを見とどけると、役目を終えたわたしは、ふたりに背《せ》をむけて図書室をあとにしました。

その後、大橋《おおはし》くんは図書室の床《ゆか》でずぶぬれになってたおれているところを、司書さんに発見されました。

肺《はい》の中には、なぜか池にあるような泥水《どろみず》や水草がつまっていて、もう少しでおぼれ死ぬところだったそうです。

病院にはこばれた大橋くんは、ベッドの上ですべてを白状《はくじょう》しました。

あの日、学校の近くにある小さな本屋で万引きをした大橋くんは、店の中に同じクラスの男の子がいることに気づいて、口どめをするために神社《じんじゃ》のうらにつれていきました。そして、だれかにばらしたらこうなるぞ、とおどしながら、男の子がもっていた本を池に放りこんだのです。ところが、男の子が本をとろうとして足をすべらせてしまい、そのまま池にしずんでいったのを見て、怖《こわ》くなった大橋くんは、助けも呼《よ》ばずにその場からにげ去《さ》ったのでした。

大橋くんは、退院《たいいん》と同時に転校していきました。

わたしは四時四十四分に四番目のたなの前に立つと、そのことを男の子に報告《ほうこく》しました。

そして、

「自分は死んじゃったのに、大橋《おおはし》くんは助けてあげるなんて、やさしいね」

わたしがそういうと、男の子はてれ笑いをうかべながら、

「あ・り・が・と・う」

の形に口をうごかして、空気の中にとけていくように、そのままスーッと消えていきました。

了

わたしと美和子《みわこ》ちゃんが、ちょうど最初の怪談《かいだん》を読み終わったとき、下校時刻《じこく》を知らせるチャイムが鳴りはじめた。同時に、美和子ちゃんが「あっ！」と声をあげる。

「わたし、きょうは塾《じゅく》があったんだ」

美和子《みわこ》ちゃんはランドセルを肩《かた》にひっかけて、顔の前でパチンと両手をあわせると、

「ごめん。ダッシュしないとまにあわないの。悪いけど、あとよろしく」

早口でそれだけいって、ビューン、と効果音《こうかおん》をつけたくなるような勢《いきお》いで図書室をとびだしていった。

ひとりのこされたわたしが、手の中の冊子《さっし》を見つめていると、

「どうする？　家にもって帰って、ゆっくり読んでみる？」

いつのまにか、すぐそばに立っていた山岸《やまぎし》さんが、わたしの手元をのぞきこみながら小さく首をかしげてほほえんだ。

「え？　いいんですか？」

わたしは思わずはずんだ声をあげた。怖《こわ》いという気持ちはもちろんあったけど、それよりも好奇心《こうきしん》の方が強かったのだ。

「いいけど……気をつけてね」

山岸さんは顔に笑みをのこしながらも、真剣《しんけん》な目をしていった。

「前任《ぜんにん》の司書さんからきいた話だと、その本は、つくられたときから『黄色い本』って呼《よ》

ばれていたらしいから」

「え？」

わたしは手の中の、すっかり黄色くなった小冊子《しょうさっし》にあらためて目をやった。『黄色い本』という名前は、てっきりこの見た目のせいだと思ってたんだけど、できたばかりのときにはまだ黄色くはなかったはずだ。わたしがちょっととまどっていると、

「裏門《うらもん》のところで待っててくれる？　よかったら、いっしょに帰りましょう」

山岸《やまぎし》さんはそういって、カウンターの中へと足早にもどっていった。


校舎《こうしゃ》をでると、空は深いあかね色にそまっていた。雲のかたまりが風にふかれて、ゆっくりと頭上を横切っていく。

北校舎は学校の一番奥《おく》にあるので、正門よりも裏門の方が近い。

わたしは体育館の前を通りすぎると、門のそばで空をまっすぐに指さしている〈少女《しょうじょ》の像《ぞう》〉の前に立って、『黄色い本』を開いた。

# 第三話　帰れない

いまから何十年も前の話。

六年生の男の子が、夜になっても帰らないと、母親から学校に連絡《れんらく》があった。

その子は学校でも有名なイタズラっ子だったので、そのときも、どこかで遊んでいるか、みんなをおどろかすためにかくれているんじゃないかという意見もあったが、夜がふけても帰ってこないので、さすがに心配になってきた先生たちが手わけしてさがしていると、日付が変わる直前になって、突然《とつぜん》家に帰ってきたという連絡があった。

やっぱりイタズラだったのかと、怒《おこ》りながら家をたずねた先生たちは、男の子の様子を見てあっけにとられた。からだは汗《あせ》だく、顔はなみだでぐしゃぐしゃで、放心状態《ほうしんじょうたい》だったのだ。いったいなにがあったのかときく母親に、男の子はぽつりぽつりと口を開いた。

学校が終わって、いつもの道をひとりで帰っていた男の子は、しばらく歩いたところで
（おかしいな……）と思った。

男の子の家は、学校から歩いて十分くらいのところにあって、畑の間をぬけ、郵便《ゆうびん》ポストの前を通りすぎると、一本道のむこうに家が見えてくるはずなのだが、そのポストになかなかたどりつかないのだ。

（こんなに遠いはずないのにな……）

そう思いながらも、とにかくまっすぐに歩いていると、道のむこうにうずくまっているような人かげが見えてきた。

近づいてみると、おばあさんが道ばたにしゃがみこんで、お地蔵《じぞう》さんに両手をあわせておがんでいた。

（こんなところに、お地蔵さんなんかあったっけ……）

不思議に思いながら、おばあさんのうしろを通ってさらに歩いてみたけど、やっぱりポ

ストは見えてこない。

（どうなってるんだよ……）

男の子はだんだん不安になってきた。足はいたくなってくるし、汗《あせ》は流れて、のどもかわいてくる。

だけど、学校から家までは一本道なので、道にまよったりするはずはない。おかしいと思いながらも歩きつづけた男の子は、前方に見えてきた人かげに、ビクッとして足をとめた。

さっきのおばあさんが、さっきとまったく同じ姿勢《しせい》でお地蔵《じぞう》さんをおがんでいたのだ。

男の子は足をはやめて、おばあさんのうしろを通りすぎた。

そのまま早足で、一本道をひたすら前に進む。

いつもはもっと人通りが多い道なのに、どういうわけか、さっきからおばあさん以外《いがい》のだれともすれちがっていない。

男の子が泣きそうになりながら歩いていると、やがて道のむこうに、ぽつんと小さな人かげが見えてきた。

近づいてみると、やっぱりあのおばあさんが、一心にお地蔵《じぞう》さんをおがんでいた。

おばあさんは、小さく背中《せなか》をまるめて、あわせた両手を額《ひたい》にぴたりとつけているので、顔はほとんど見えなかった。

もしうしろを通りすぎるときに、おばあさんが突然《とつぜん》ふり返って、にやりと笑ったりしたら……。

「うわーっ！」

想像《そうぞう》すると怖《こわ》くなってきて、男の子は思わずかけだした。

だけど、おばあさんにふたたび会うまでの時間が、短くなるだけだった。

同じ道を、いったい何周したのだろうか。おなかもすいたし、足はふらふらで、いまにもたおれてしまいそうだ。

男の子はとうとうくずれおちるようにして、おばあさんのとなりにひざをつくと、お地《じ》蔵《ぞう》さんに両手をあわせて、必死《ひっし》におがんだ。

（お地蔵《じぞう》さま、助けてください！）

とたんに、パァンッ、となにかがはじけるような音がした。

顔をあげると、さっきまで夕焼けでまっ赤だったはずの空はまっ暗な夜空になり、お地蔵さんもおばあさんのすがたも消えていた。

道のむこうに、赤いポストがかすかに見える。

男の子は最後の力をふりしぼって歩きだすと、ポストの前を通って、家にたどりつき、そのままたおれこんだのだった。

話をきいた大人《おとな》たちは、みな一様にふくざつな表情《ひょうじょう》をうかべた。

にわかには信じられない話だけれど、男の子の様子を見ていると、うそとも思えない。

すると、学校で一番古株《ふるかぶ》の先生が男の子に「学校の近くで、なにか悪さをしなかったか？」とたずねた。

男の子の顔が、サッと青ざめる。そして、消え入るような小さな声で、

「裏門《うらもん》をでたとこの、角の石をけりたおした……」

とこたえた。

「ばかもんっ！」

先生は、ほかの先生たちもふるえあがるようなどなり声をあげた。

先生によると、その石は土地のキツネをまつった石碑《せきひ》で、学校を建てるために丘《おか》を切りくずしたとき、古くから住んでいるキツネの巣《す》をこわしてしまったので、そのおわびに建てたということだった。

その石碑をたおされたので、怒《おこ》ったキツネが、男の子を化《ば》かしたのだ。

男の子は石碑を元にもどすと、それから卒業《そつぎょう》するまでの間、毎日あぶらあげをおそなえしたということだ。

了

「お待たせ」

ちょうど『帰れない』を読み終わったところで、コートをはおった山岸《やまぎし》さんが現《あらわ》れたので、わたしは『黄色い本』を手にしたまま、肩《かた》を並《なら》べて歩きだした。

「この本、どうして『黄色い本』って呼《よ》ばれてるんですか？」

門をでると、わたしはさっそく気になっていたことを切りだした。

「そうね……」

山岸さんは、どこから説明しようかというふうに首をひねると、

「黄色って、信号だとなんの色？」

唐突《とうとつ》にそんなことをきいてきた。

「えっと、赤はとまれ、青は進め、黄色は注意……ですよね？」

わたしが指を折《お》りながらりちぎにこたえると、「そうね」と山岸さんはうなずいて、

「それも、注意してたら進んでいいわけじゃなくて、『危険《きけん》だから進んではいけません』っていう意味での注意でしょう？」

そういって、ほほえみながらわたしの顔をのぞきこんだ。

「あの本もそれと同じで、『黄色い本』っていう名前には、『危険《きけん》だから注意しなさい』っていう意味がこめられてるらしいのよ」

『黄色い本』の黄色は、注意の黄色だったのか……。

「あの……これ、見てください」

だんだん不安になってきたわたしは、まえがきのところを開いて山岸《やまぎし》さんに見せた。

山岸さんも、あの不思議な本――『赤い本』のことは知っている。そして、その作者の名前が〈山岸良介《りょうすけ》〉だということも――。

「あら……」

山岸さんは目をまるくして、自分とおなじ苗字《みょうじ》をもつその名前をじっと見つめていたけど、

「知らなかったわ」

しばらくして、本当におどろいた様子でつぶやいた。

「この人って、うちの学校の卒業生《そつぎょうせい》だったんでしょうか?」

わたしの言葉に、山岸さんはあいまいに首をひねった。

「どうかしら。同姓同名《どうせいどうめい》っていうこともあるし……〈山岸《やまぎし》〉も〈良介《りょうすけ》〉も、そんなにめずらしい名前じゃないでしょ？」

「それはそうですけど……」

口をとがらせながら、まえがきを読み返していたわたしは、あることに気がついて、山岸さんにたずねた。

「これにのってる怪談《かいだん》って、二十年前にも一度、怪談コンテストに応募《おうぼ》してるんですよね？　同じ話をまた応募してもいいんでしょうか」

「それもそうね……」

山岸さんは、しばらく考えている様子だったけど、やがて、

「あした、学校にいったら調べてみるわ。たぶん、全部の話を応募したわけじゃないと思うし」

そういって、にっこり笑った。

交差点の手前で山岸《やまぎし》さんと別れると、わたしは黄色に変わったばかりの信号に足をとめて、空を見あげた。

あざやかだった赤い夕焼けが、少しずつうす暗くなって、夜がはじまろうとしている。

信号が変わって、わたしが歩きだそうとしたとき、消防車《しょうぼうしゃ》のサイレンが近づいてきた。

（火事かな……）

そういえば、最近このあたりで放火事件《ほうかじけん》がつづいているらしいと、お母さんがいっていた。

この春にひっこしたばかりのわたしの家にも、部屋が燃《も》えたようなあとがあって、どうやら昔火事があったみたいなんだけど、くわ

しいことはいまでもわからないままだ。

不安をかきたてるようなサイレンの音に、早く家に帰ろうと、信号をわたりきったわたしが足をはやめたとき、

「きゃっ！」

突然《とつぜん》、横あいのほそい路地《ろじ》から男の人がとびだしてきて、わたしはもう少しでひっくりかえりそうになった。

なんとかバランスをとって顔をあげると、黒いコートを着た背《せ》の高い男の人が、ぶつかった拍子《ひょうし》に落ちた黒いニット帽《ぼう》をあわててかぶりなおしながら、わたしをにらむようにして走り去《さ》っていった。


その日の夜。

おふろからあがってテレビを見ていると、美和子《みわこ》ちゃんから電話がかかってきた。

「さっきはごめんね」

わたしが電話にでると、美和子《みわこ》ちゃんは本当に申《もう》し訳《わけ》なさそうにあやまった。

「いいよ、べつに。それより、塾《じゅく》にはまにあったの？」

「うん。ついでに情報収集《じょうほうしゅうしゅう》もしてきた。コンテストに応募《おうぼ》する学校、ほかにもけっこうあるみたいだよ」

「ふーん、そうなんだ」

わたしはちょっと意外だった。怪談《かいだん》コンテストの話をきいたときには、クリスマスも近いこの時季にどうして、なんて思ってたんだけど、怪談には季節は関係ないのかもしれない。

「それでね」と、美和子ちゃんはつづけた。

「できれば、応募する前に、あの本にのってた怪談を確認《かくにん》しておきたいんだけど……」

「確認？」

「うん。たとえば……『理科室の人体模型《じんたいもけい》が、夜中になると町を歩きまわって、子どもをつかまえては解剖《かいぼう》している』っていう怪談があるとするでしょ？」

「う、うん……」

わたしは電話口でゾクッとした。たとえにしても、けっこう怖《こわ》い話だ。

「その話がもしグランプリをとったとしても、じつは人体模型《じんたいもけい》は十年前に処分《しょぶん》されて、いまはありません、なんてことになったら……」

「うーん……」

わたしはうなった。『時代や場所は問いません』と書いてあるから、違反《いはん》ではないけど、たしかにちょっと興《きょう》ざめだ。

「つまり、その怪談《かいだん》がいまでも現役《げんえき》かどうか、確認《かくにん》していこうっていうわけね?」

「うん。あんまり時間もないから、あしたからさっそくとりかかろうと思うんだけど……ゆかりも協力してくれる?」

「……うん、わかった」

ちょっとためらいながらもうなずいたわたしは、またあしたね、と電話をきると、階段《かいだん》をのぼって、お姉ちゃんの部屋のドアをノックした。

「お姉ちゃん、入っていい?」

わたしのお姉ちゃんは、もうすぐ中学三年生になるので、この時間は勉強してるかな、と思ったんだけど、さいわい（？）ベッドにねっころがって漫画《まんが》を読んでいた。

「ちょっと相談があるんだけど……」

「なあに？」

漫画から目をあげずに返事をするお姉ちゃんに、わたしは事情《じじょう》をかんたんに説明すると、

「ねえ、どうしたらいいと思う？」

ときいた。

半年前、わたしがこの家で『赤い本』を見つけたときには、学校やこの家のまわりで、不思議なことがたてつづけにおきた。

そして、今度は『黄色い本』だ。

怖《こわ》い話は好きだけど、あんまり深く関わったら、またなにかおきるかも……わたしがそう思ってためらっていると、お姉ちゃんがベッドの上にひょいっと座《すわ》りなおして、

「ゆかり、その本を読んだら、またなにかおきるかもしれないって思ってるんでしょ？」

わたしの目をまっすぐに見つめながらそういった。

「え、うん、まあ……」

図星《ずぼし》をさされて、わたしが言葉につまっていると、

「わたしも、半年前になにがおこったのか、全部知ってるわけじゃないけどさ……」

お姉ちゃんはそう前置きをしてから、

「でも、悪いことばかりがあったわけじゃないでしょ？　怪談《かいだん》とむきあったことで、よかったこともあったんじゃないの？」

にっこり笑って、そういった。

お姉ちゃんの言葉に、わたしはハッとした。

たしかに、あの本を読んだことで怖《こわ》い思いもたくさんしたけど、怪談をきっかけになかよくなれた友だちもいるし、怪談からにげまわっていたら解決《かいけつ》しなかったかもしれない問《もん》題《だい》が、怪談とむきあうことで解決した、ということもあった。

「そうだね。ありがとう、お姉ちゃん」

わたしはお姉ちゃんにお礼をいって自分の部屋にもどると、机《つくえ》にむかって大きく深呼吸《しんこきゅう》をしてから、『黄色い本』のつづきを開いた。

# 第四話　理科室のガイコツ

ぼくが知ってるこの学校の一番怖《こわ》い怪談《かいだん》は、理科室のガイコツにまつわる怪談だ。

夜中の十二時になると、理科室のガイコツが笑うという噂《うわさ》があるのだ。

十月のある日。ぼくは友だちのコウくんとふたりで、夜中の学校にしのびこんでその噂をたしかめることにした。

布団《ふとん》に入ってから、こっそり家をぬけだして、裏門《うらもん》の前で集合する予定だったんだけど、約束の時間になってもコウくんはなかなか現《あらわ》れない。

もしかして、ぬけだすところを親に見つかったのかな、と心配していると、

「ごめんごめん」

コウくんが手をふりながらかけよってきた。手をふり返そうとしたぼくは、あぜんとしてその手を途中《とちゅう》でとめた。

コウくんはどういうわけか、さんぽひもをつけた飼《か》い犬《いぬ》のクーをつれてきていたのだ。

クーは柴犬《しばいぬ》で、まだ子どもなんだけど、両手でもかかえきれないくらいの大きさがある。

コウくんの話によると、こっそり家をでようとしたところをクーに見つかってしまい、さわがれそうになったので、つれてくることにしたのだそうだ。

「しょうがないなあ……」

ぼくが腰《こし》に手をあててクーを見おろすと、クーは遊んでもらえると思ったのか、おすわりをしてパタパタとしっぽをふった。

「よし、いこう」

ぼくたちはフェンスのやぶれ目から中に入ると、警備員《けいびいん》さんに見つからないように、グラウンドのはしを通って校舎《こうしゃ》に近づいた。うまい具合に、さっきまで明るくかがやいていた半月は雲にかくれて、あたりは墨《すみ》を流したみたいにまっ暗だった。

毎日通ってる学校だけど、こんな時間に中に入るのははじめてだ。

学校の前を走りぬけるバイクのエンジン音に、遠くからきこえる救急車《きゅうきゅうしゃ》のサイレンの音、冷たい風がときおりビューッとふきぬけて、木の枝《えだ》がバサバサとゆれる。

昼間はあんまり気づかないけど、夜の学校はいろんな音であふれていた。

理科室は北校舎《きたこうしゃ》の一階のはしにある。

きょうの放課後、帰る前にぼくたちは、理科室の窓《まど》のかぎをひとつだけ、こっそりあけておいたのだ。もし見まわりで見つかって閉《し》められていたら、あきらめて帰るつもりだったんだけど、理科室の窓はなんの抵抗《ていこう》もなく、スッと開いた。

ぼくたちはうなずきあうと、音をたてないように注意しながら、部屋の中にしのびこんだ。

ほえられたらこまるので、しかたなくクーもつれていく。

ぼくたちが中に入ったとたん、雲が切れて月の光が窓《まど》から入ってきたので、懐中電灯《かいちゅうでんとう》をつけなくても、部屋の様子ははっきりと見えた。

ガイコツは教壇《きょうだん》のとなり、教室の一番前の窓際《まどぎわ》に立っている。

黒板の上の時計を見ると、ちょうど十二時になろうとしているところだ。

ぼくたちが息をひそめて、じっとガイコツを見つめていると――

カチ、カチ……カチ、カチ……

とつぜん、ガイコツの歯がかわいた音をたてた。ぼくたちが声もだせずにいると、

カチ、カチ、カチ、カチ、カチカチカチカチカチカチカチカチカチ……

ガイコツはさらにはっきりと、まるで大笑いしているみたいに歯を鳴らしだした。背《せ》すじがスーッとつめたくなって、髪《かみ》の毛《け》がさかだつ。

これを見るためにしのびこんだはずなのに、じっさいに目撃《もくげき》してしまうと、足がすくんでうごけなかった。

それでもなんとか首をうごかしてコウくんのほうをむいたぼくは、今度はべつの意味で

ゾッとした。

コウくんがガイコツを見ながら、にやにやと笑っていたのだ。

怖《こわ》さのあまりパニックになったのかと思って、ぼくが声をかけようとすると、コウくんはガイコツにゆっくりと近づいて、すぐ目の前で立ちどまった。

するど、おどろいたことに、ガイコツの笑い声がぴたりとやんだ。

「あれ？」

ぼくがあっけにとられていると、

「これだよ」

コウくんは、自分の足もとを指さした。

理科室の床《ゆか》には正方形のタイルがしきつめられていて、コウくんはガイコツの土台がのっているのと同じタイルのはしを、つま先でふんでいたのだ。

「見てろよ」

コウくんがそういって一歩下がると、その拍子《ひょうし》に、タイルがカタンと音を立てて、ガイコツがゆれた。同時に、ガイコツの歯がカチリと鳴る。

「なーんだ、そういうことか」

ぼくはからだ中から力がぬけて、大きく息をはきだした。

ガイコツが笑っていたわけではなく、古くなってはがれかけた床《ゆか》のタイルがぐらぐらとゆれて、その振動《しんどう》がガイコツに伝わっていただけだったのだ。

理科室は校舎《こうしゃ》のうらに面していて、窓《まど》のすぐ外には県道が走っている。

この県道は高速道路へのぬけ道になっていて、夜になると大きなトラックやダンプカーが通ることも多いので、そのときの振動でタイルがゆれて、ガイコツが笑っているように見えたのだろう。

ぼくが半分がっかり、半分ホッとしながら、「帰ろうぜ」といったとき、

「おい、やめろって」

コウくんがあわてた声をあげて、クーの首輪につながったさんぽひもをひっぱった。

クーが低い声でうなりながら、問題のタイルを、まるで穴《あな》でもほろうとするみたいに

ひっかきだしたのだ。そのせいで、ガイコツが大きくゆれて、

ガチガチガチガチガチガチ……

まるで大声で笑っているみたいな大きな音が、暗い理科室に鳴りひびく。

そして、ついにタイルをはがしてしまったクーは、床下《ゆかした》に顔をつっこむと、すぐにまた顔をだして、その口にくわえた白い棒《ぼう》のようなものを、ぼくたちにほこらしげに見せた。

「おい、クー。なにをひろって……」

クーの口元に手をのばしかけたコウくんが、途中《とちゅう》で手をとめて、その場にペタンと座《すわ》りこむ。

「どうしたんだよ」

ぼくがコウくんの肩《かた》に手をかけた、そのとき、

「ワン！」

クーが一声ないて、その口から白い棒《ぼう》が、ぽとりと落ちた。

それを見て、ぼくは息がとまりそうなくらいにおどろいた。

クーが床下《ゆかした》からほりだしたもの――それは、本物の骨《ほね》だったのだ。

ぼくたちは顔を見あわせると、次の瞬間《しゅんかん》、悲鳴をあげながら理科室をとびだした。


次の日。学校は朝から大さわぎだった。

朝早くに登校した先生が、理科室のはがれたタイルと、床にころがっていた白い骨を発見したのだ。

その後、理科室の床下を調べたところ、明治時代《めいじじだい》ぐらいのものと思われる古いお墓《はか》がでてきたらしい。

ぼくが知ってる、この学校で二番目に怖《こわ》い話。それは、この学校が建っている場所には、昔はお寺があって、学校を建てるときにお墓をべつのお寺にうつしたんだけど、そのときにうつしわすれたお墓《はか》が、まだ学校の地下にのこっているというものだった。

もしかしたら、あのタイルがゆれていたのは車の振動《しんどう》のせいなんかではなく、わすれられていたあの骨《ほね》が、見つけてくれとあばれていたからじゃ……。

それ以来《いらい》、理科室のガイコツが、夜中に笑うという噂《うわさ》はきかなくなった。

そのかわり、夜になると校庭の砂場《すなば》から、本物のガイコツがはいでてくるという噂が……。

了

うちの学校が昔お墓だったという噂は、わたしもたしかにきいたことがあった。

もっとも、転校する前の学校にも同じ噂があったから、よくある話なのかもしれないけど……。

砂場からガイコツが次々と現《あらわ》れる場面を想像《そうぞう》して、ちょっとゾッとしながら、わたしは次のページをめくった。

## 第五話　図工室のモナリザ

わたしにとっての一番怖《こわ》い怪談《かいだん》は、図工室の人食いモナリザです。

みんなも知っているとおり、図工室の壁《かべ》にかざられているモナリザには、夜になると絵をぬけだして、人を食べてしまうという噂《うわさ》があります。

先日のあの事件《じけん》以来《いらい》、一気にひろまったこの噂のせいで、低学年のクラスには、図工のある日は学校を休むという子もいるそうですが――じつはこの怪談、わたしがつくった怪談なのです。

夏休みにいなかに遊びにいったとき、中学生のいとこから、いとこの学校で流行《はや》っている怪談をきいたわたしは、おもしろそうだったその怪談を少しアレンジして、自分の学校でもひろめようと思ったのです。

だけど、いまは後悔《こうかい》しています。

やっぱり、おもしろ半分で怪談《かいだん》をひろめたりするべきじゃなかったんです……。


「ねえねえ、知ってる？　図工室のモナリザってね……」

体育でとび箱の順番を待っているとき。

そうじの時間に机《つくえ》をはこんでいるとき。

朝礼で校長先生の話がたいくつなとき。

わたしは人食いモナリザの噂《うわさ》を、友だちに少しずつひろめていきました。

だけど、図工の授業《じゅぎょう》が週に一回しかないせいか、みんなあんまり興味《きょうみ》をしめしてくれません。

そこで、わたしは噂をひろめるために、ある計画を実行することにしました。

図工の授業《じゅぎょう》の前日。放課後になるのを待って、図工室にしのびこんだわたしは、赤い絵の具を水でとかしました。

そして、モナリザの絵の前から図工室の入り口にむかって、一滴《てき》ずつ、赤い絵の具を床《ゆか》に落としていったのです。

次の日、わたしがわざと、ちょっとおくれて図工室にむかうと、教室の前のろう下で、クラスのみんなが顔をよせあってひそひそと話をしていました。

「どうしたの？」

わたしがなかよしの珠美《たまみ》ちゃんに声をかけると、

「たいへんよ。モナリザの絵の前に、血が落ちてるの」

珠美ちゃんは、わたしの腕《うで》をつかんで、真剣《しんけん》な顔でいいました。

「あの噂《うわさ》は、やっぱり本当だったんだ」

声をふるわせる珠美ちゃんに、わたしはとぼけてききかえしました。

「あの噂って？」

「知らないの？　図工室のモナリザが、夜中になると絵をぬけだして、人を食べるんだって」

その噂《うわさ》を珠美《たまみ》ちゃんに話したのはわたしだったのですが、珠美ちゃんはそんなことも忘《わす》れて、わたしにおしえてくれました。すると、

「あ、わたしもきいたことある」

べつのクラスメイトが話に入ってきました。

わたしのつくった怪談が、まるで命がふきこまれたみたいに、みんなの間で語られていきます。

これで、人食いモナリザの怪談《かいだん》は、この学校に定着するでしょう。そして、その真相を知っているのは、わたしだけなのです。

おびえたような表情《ひょうじょう》でささやきあうみんなの様子を見ながら、わたしが優越感《ゆうえつかん》にひたっていると、

「ばかなこといわないで」

よく通る声がして、みんなはいっせいにだまりこみました。

声のぬしは、学級委員の吉村《よしむら》さんでした。

吉村さんは長い黒髪《くろかみ》をかきあげると、腰《こし》に手をあてて、さめた口調でいいました。

「どうせ、だれかが赤い絵の具でも使って、いたずらしたんでしょ」

「あー、いわれてみれば、絵の具っぽいかも」

だれかがそれに賛同《さんどう》して、みんなの興奮《こうふん》が、一気にひいていきます。

結局、わたしが苦労《くろう》してつけた血のあとは、あっさりとそうじされてしまいました。

その様子を、図工室のすみから肩《かた》を落として見つめていると、吉村さんがわたしの顔を見て、フッと笑ったような気がしました。


その日の放課後。わたしはふたたび図工室にしのびこむと、モナリザの絵の前に立ちました。

モナリザは手をひざの上に重ねて、おだやかにほほえんでいます。

わたしはポケットからカッターナイフをとりだして、右手でしっかりとにぎりしめると、刃《は》を左手の人さし指の先にあてました。そして、目を閉《と》じて大きく息をすいこむと、力をこめて、スッとカッターの刃をひきました。

「いたっ！」

思わず悲鳴をあげながら、ゆっくりと目を開けると、左手の指先にできたきずから、スーッと赤い血がにじみでてきます。

わたしはそっと絵に指を近づけると、モ

ナリザの口に、その血をなすりつけました。

モナリザの口のはしが、まるでなにか血のしたたるものを食べたあとのように、赤黒くそまります。

これなら吉村《よしむら》さんも、赤い絵の具だなんていえないでしょう。

あしたのさわぎを楽しみにしながら、わたしが図工室をあとにしようとしたとき、

フフフフフッ

うしろから笑い声がきこえたような気がして、わたしは足をとめました。

だけど、図工室の壁《かべ》ではモナリザが、夕闇《ゆうやみ》の中、変わらないほほえみをうかべているだけでした。

翌日《よくじつ》。

いつもより少し早い時間に登校したわたしは、びっくりして足をとめました。

学校の前にたくさんの人が集まって、パトカーまでとまっていたのです。

本物の血を使ったことで、多少はさわぎになるかもしれないと思っていましたが、まさかモナリザの口に血がついていたくらいで、パトカーまでくるわけがありません。

人だかりの中に珠美《たまみ》ちゃんのすがたを見つけて、

「なにかあったの？」

とききと、珠美ちゃんはいまにも泣きだしそうに顔をゆがめながら、

「うさぎちゃんが殺《ころ》されたの」

といいました。

「え？」

わたしはあっけにとられました。

珠美ちゃんの話によると、学校で飼《か》っていたうさぎたちが、飼育小屋《しいくごや》の中で血まみれに

なってたおれているのを、今朝《けさ》早くに用務員《ようむいん》さんが発見したのだそうです。

連絡《れんらく》をうけた校長先生は、もしかしたら夜中の学校に不審者《ふしんしゃ》が侵入《しんにゅう》して殺したのかもしれないと思い、警察《けいさつ》に通報《つうほう》したのですが……。

「さっき用務員さんにきいたら、うさぎちゃんのきずがナイフとかじゃなく、するどい牙《きば》でかみ殺されたみたいなきずだったから、たぶん野犬かなにかにおそわれたんだろうって……」

珠美《たまみ》ちゃんの話をきいたわたしは、ふらふらとした足どりで図工室へとむかいました。

モナリザの絵を見ると、口のあたりにかすかに赤い血がのこっています。

その部分に顔を近づけたわたしは、思わず「ヒッ」と悲鳴をあげて、あとずさりました。

モナリザの口もとには、赤い血だけではなく、まるでうさぎの毛のような白い毛玉がついていたのです。

こおりつくわたしの目の前で、モナリザがにやりと笑って、低い声でいいました。

「ありがとう。あなたのおかげで、血の味を思いだしたわ」

わたしは本から顔をあげて、図工室にモナリザの絵があったかどうかを思いだそうとした。

たしか、壁《かべ》にかかっていたのは風景画とか静物画ばかりで、モナリザの絵はなかったような気がするんだけど……。

もしこの怪談《かいだん》を応募《おうぼ》するなら、図工室にモナリザの絵があるかどうかぐらいはたしかめておいたほうがいいだろう。

あす、学校にいったら見にいこうと思いながら、わたしは次のページをめくった。

# 第六話　落ちる

これは去年の秋、ぼくがじっさいに体験《たいけん》した話です。

塾《じゅく》からの帰り道、じめじめした雨にふられながら、人通りのないまっ暗な道を歩いていたぼくは、学校の前にさしかかったところで、ふと足をとめました。

校舎《こうしゃ》の屋上に、黒い人かげが見えたような気がしたのです。

塾《じゅく》が終わったのが九時すぎなので、たぶん九時半にはなっていたと思います。

そんな時間に、学校に人がのこっているわけはありませんし、なにより、屋上は立ち入り禁止《きんし》のはずです。

だけど、雨のむこうに目をこらすと、やっぱりだれかが屋上の、それもフェンスの外に立っています。

人かげはフラフラとゆれていて、いまにも落ちてしまいそうです。

ぼくはとっさにかさを投げすてると、フェンスをのりこえて、校舎にむかって走りだしました。

通用口から建物の中にとびこむと、そのまま一気に階段《かいだん》をかけあがって、屋上に通じるドアをあけます。

通用口も、屋上に通じるドアも、いつもならかぎがかかっているはずなのですが、そのときのぼくは、そんなことを疑問《ぎもん》に思うひまもなく、ただ一直線に人かげが見えた場所にむかいました。

フェンスのむこうに立っているのは、どうやら中学校か高校の制服《せいふく》を着た女の子のようです。

雨ですべるコンクリートの上を、ぼくは全速力で走りました。

だけど、あと少しというところで、その人かげはぼくの指先をかすめるようにして、まっ暗な空間にとびだしてしまったのです。

ぼくはフェンスにしがみつくと、地面を見おろして、目をうたがいました。

ちょうど真下の地面には、暗い雨がふりそそぐばかりで、人かげらしきものはなにもなかったのです。

（そんな……）

ぼくがもっとよく見ようと、身をのりだして目をこらしたとき、すぐそばに人の気配を感じました。

顔をあげると、さっきフェンスの外にとびだしたはずの女の子が、ぼくのとなりに立っています。

ぼくが目をむいて言葉をうしなっていると、女の子はうつむいたまま、スーッとすべるように移動《いどう》して、フェンスを音もなくスッと通りぬけ、そのまま屋上の外へとすがたを消しました。

ぼくは女の子のあとを追うようにして、地面をのぞきこみました。

だけど、さっきと同じように校庭には雨がふりそそぐばかりで、人がたおれている様子はありません。

（どういうことなんだ……）

ぼくが混乱《こんらん》していると、またとなりに人の気配がしました。

顔をあげると、さっきの女の子が、さっきと同じ姿勢《しせい》でフェンスに近づいていきます。

そして、フェンスの手前で足をとめると、ぼくの方に顔をむけて、ゆっくりとくちびるをうごかしました。

次の瞬間《しゅんかん》、ぼくははじかれたようにフェンスからはなれると、校舎《こうしゃ》の中にとびこんで、そのまま階段《かいだん》をころげ落ちるようにかけおりました。

なんとか学校の外ににげだして、校舎のほうをふりかえると、顔なんか見えるはずのない距離《きょり》なのに、屋上に立つ人かげが、ぼくにむかってほほえんでいるのがわかりました。


雨の中、家に帰ったぼくは、その日から四十度近い熱《ねつ》をだして、一週間ねこみました。

ようやく熱がさがって、お見舞《みま》いにきてくれた友だちにきくと、何年か前、受験《じゅけん》に合格《ごうかく》して有名私立中学に入ったはいいけど、途中《とちゅう》で勉強についていけなくなった卒業生《そつぎょうせい》が、雨の日の夜に学校にしのびこんで、屋上からとびおりたという事件《じけん》があったそうです。

それ以来、ぼくは雨の夜には、ぜったいに学校の前を通らないようにしています。

通用口や屋上に通じるドアのかぎが開いていたのは、きっと、通りかかった人を屋上までさそいこむためだったのでしょう。

あの女の子は、最後にぼくにむかってこういったのです。

「いっしょにいこう」

了

図書室の少年、理科室のガイコツ、図工室のモナリザ、そして何度もとびおりる女の子
——どれも、わたしがきいたことのない話ばかりだ。
よっぽど怪談《かいだん》が多い学校なのだろうか。それとも、この二十年ほどの間に古い怪談が消

えて、新しい怪談に入れかわっていったのか……。

そんなことを考えているうちに、ねむくなってきたので、わたしは大きなあくびをしながら本を閉《と》じた。

次の日の朝、わたしがいつもと同じ時間に登校すると、

「ぜったいそうだって」

「そんなわけないでしょ」

六年三組の教室のうしろで、岡田《おかだ》くんと佳代《かよ》ちゃんが派手《はで》にいいあらそいをしていた。

「おはよう。朝からどうしたの？」

ふたりの言い合いはいつものことなので、わたしがのんびりと声をかけると、

「あ、岸里《きしざと》。いいところにきた」

岡田《おかだ》くんがわたしの名前を呼《よ》んで、一枚《まい》の写真をさしだした。

「これ見てくれよ」

それは、この間の日曜日に、わたしと佳代ちゃんと岡田くん、それから同じクラスの亜《あ》衣《い》ちゃんの四人で近くの城址公園《じょうしこうえん》に遊びにいったときの写真だった。たしか、何百年も前につくられたという石垣《いしがき》の前で、わたしたち四人がポーズをとっている。岡田くんのもってきたデジカメをゴミ箱の上に置いて、タイマーでとった写真だ。

「あ……」

わたしは自分の顔を指さした。

「わたし、目がちゃんとあいてない」

「そういうことじゃなくてさ……」

岡田くんは佳代ちゃんのそばにある、石垣の中でもひときわ大きな石を指さして、

「これ、人の顔に見えると思わないか？」

興奮《こうふん》した口調でいった。わたしはあらためて写真に顔を近づけて、じっくりと見直したけど、

「うーん……ただの偶然《ぐうぜん》じゃないかな」

そういって、岡田《おかだ》くんに写真を返した。

たしかに、写真からはなんとなくいやな感じがしないでもなかったけど、わたしには、石の表面のデコボコが人の顔みたいなかげを作っているだけにしか見えなかったのだ。

「ほらね。ゆかりもこういってるでしょ」

佳代《かよ》ちゃんが勝ちほこった様子で腰《こし》に手をあてた。

「でも、こんなにはっきり見えてるのに……」

岡田くんはまだあきらめきれない様子で、光のあたる角度を変えながら、何度も写真を見直している。その様子を見ているうちに、さっきのいやな感じが気になってきたわたしは、

「心霊写真《しんれいしゃしん》かどうか、一応調べてもらった方がいいんじゃない？」

といってみた。

「そんなの、だれに調べてもらうのよ」

佳代《かよ》ちゃんがあきれ顔でいったとき、

「わたし、心霊写真《しんれいしゃしん》かどうか、簡単《かんたん》にたしかめる方法知ってるよ」

亜衣《あい》ちゃんがツインテールをゆらしながら、ひょっこりと顔をだした。岡田《おかだ》くんと佳代ちゃん、それから亜衣ちゃんは、幼稚園《ようちえん》時代からのおさななじみだ。

「どうやるの？」

わたしがきくと、亜衣ちゃんはうれしそうに説明をはじめた。

「写真の上に、おきよめの塩をひとつまみ置いておくだけでいいの。しばらくして、それが黒くとけだしたら心霊写真なんだって」

「塩だったら、家庭科室にいけばあるんじゃないか？」

岡田くんが勢《いきお》いこんでいう。

「だから、調べなくてもいいってば」

佳代ちゃんが顔の前でひらひらと手をふった。

「だいたい、家庭科室にいって、なんていうのよ。心霊写真《しんれいしゃしん》を調べるから、お塩をくださいっていうの？」

「それはだから、給食《きゅうしょく》の味つけが薄《うす》いからとか……」

ふたりがそんなやりとりをしていると、

「あ、そうだ」亜衣《あい》ちゃんがパチンと手をたたいて、わたしの方をむいた。

「けさ、美和子《みわこ》ちゃんのお母さんがうちにきて、美和子ちゃんからゆかりちゃんにって、伝言をたのまれたんだけど……」

亜衣ちゃんと美和子ちゃんは、同じマンションに住んでいる。

「美和子ちゃん、どうかしたの？」

「ゆうべ、夜中に急に熱《ねつ》がでて、夜間病院につれていったら、インフルエンザだったんだって。しばらく休むみたいだよ。それで、ゆかりちゃんに『ごめん！　怪談《かいだん》の件《けん》、よろしくって伝えといて』っていわれたんだけど……意味、わかる？」

「あ、うん……」

インフルエンザになったら、一週間は休まないといけない。つまり、復帰《ふっき》するのを待っ

ていたら、コンテストには間に合わないというわけだ。さすがに心ぼそくなったわたしがため息をついていると、

「怪談《かいだん》の件《けん》ってなに？」

佳代《かよ》ちゃんが不思議そうにきいてきた。

「じつは……」

わたしは例の小冊子《しょうさっし》をとりだして、怪談コンテストのことをみんなに説明した。

「それってつまり、怪談の現場《げんば》を実際《じっさい》に調査《ちょうさ》していくってことよね？」

話をきいた佳代ちゃんが、心配そうな表情《ひょうじょう》でわたしの顔をのぞきこんだ。

「美和子《みわこ》はしばらく出席停止《しゅっせきていし》だろうし……ゆかり、だいじょうぶなの？」

佳代ちゃんが心配するのには、理由があった。佳代ちゃんたちとは、転校してきてすぐになかよくなったんだけど、そのきっかけになったのが学校の怪談だったのだ。だから、半年前、わたしが怪談のせいで怖《こわ》い思いをしたことも知っている。

そんな佳代ちゃんの言葉に、わたしは笑顔でうなずいてみせた。

「だいじょうぶだよ。だって、べつにあぶないことするわけじゃないし……」

「それはそうだけど……」

佳代《かよ》ちゃんはまだ心配そうに眉《まゆ》をひそめている。すると、

「だったら、みんなでいっしょに調べればいいんじゃないか？」

岡田《おかだ》くんが明るい声でいって、わたしたちの顔を見まわした。

「いいね、やろうやろう」

亜衣《あい》ちゃんが手をたたいて賛成《さんせい》する。

「ありがとう」

この手の話が大好きな亜衣ちゃんはともかく、岡田くんがこういうことをいいだしたのはちょっと意外だったけど、おかげで心の奥《おく》の不安が少しずつとけていった。

怪談《かいだん》の舞台《ぶたい》になっているのは、たいていが放課後か夜の学校だ。とりあえずきょうの放課後、塾《じゅく》ですぐに帰らないといけない佳代ちゃん以外の三人で調査《ちょうさ》を開始することにきめて、わたしたちは自分の席にもどった。

ちょうどチャイムが鳴って、担任《たんにん》の吉岡《よしおか》先生が教室に入ってくる。

一時間目は社会の授業《じゅぎょう》で、きょうは江戸時代《えどじだい》の産業についてだったんだけど、次の話の

タイトルがどうしても気になったわたしは、先生の様子をぬすみ見ながら、机《つくえ》のはしでこっそりと『黄色い本』をひらいた。

# 第七話　心霊写真《しんれいしゃしん》

「おまえ、なんでこんな顔してるんだよ」

「本気で走ったら、こうなるんだよ」

「うわっ、こんなとこ撮《と》られてたんだ」

「なにいってんの。ちゃんとカメラの方をむいてるくせに」

先週の運動会の写真がろう下にはりだされると、みんなその前に集まって大さわぎをはじめた。

写真には番号がふられていて、写真がほしい人は、申込用紙《もうしこみようし》に自分の名前とほしい写真の番号を書いて写真係《しゃしんがかり》にわたしておけば、あとで焼きまししてくれるんだけど……。

これは、あるクラスで写真係をしていたふたりが経験《けいけん》した、恐怖体験《きょうふたいけん》だ。


〈A男《エーお》の場合〉


「これだけ写真があったら、一枚《まい》ぐらい、心霊写真《しんれいしゃしん》がまじってるんじゃねえか？」

放課後の教室で、A男が焼きましの枚数《まいすう》を集計していると、K平《ケイへい》がいった。

K平の前には、写真をはった模造紙《もぞうし》が、ろうかの壁《かべ》からはずされて、よせあつめられた机《つくえ》の上にひろげられている。

「あ、心霊写真見っけ！」

いっしょに写真をのぞきこんでいたN彦《エヌひこ》が、九番の写真を指さしながらいった。

それは、K平が一着でゴールのテープをきっている写真だった。

「それのどこが心霊写真なんだよ」

K平が口をとがらせる。

「だって、K平が一着なんて、霊《れい》がのりうつったとしか考えられないだろ」

N彦はにやにやしながらいった。

「なにいってんだよ」

「実力なら追いついてみろよ」

こぶしをふりあげるK平に、N彦が頭をかかえてにげだした。

教室の中を走りまわるふたりを無視《むし》して、A男が黙々《もくもく》と集計をつづけていると、

「心霊写真《しんれいしゃしん》を見わける方法、知ってる?」

ろう下の方から、突然《とつぜん》かんだかい声がきこえてきた。

A男が顔をあげると、野球帽《やきゅうぼう》を目深《まぶか》にかぶった小柄《こがら》な男の子が、ろう下の窓《まど》から身をのりだして、こちらをのぞいていた。低学年の子かな、と思いながら、

「どうするんだよ」

とA男がきくと、

「かんたんだよ。写真の上に塩をかけるんだ。それがとけたら心霊写真《しんれいしゃしん》なんだって」

男の子はこたえた。走りながらそれをきいていたN彦が、

「おれ、塩がある場所、知ってるぜ」

そういうと、そのままの勢《いきお》いで教室をとびだしていった。

そのうしろすがたを見送ってから、次の申込用紙《もうしこみようし》に視線《しせん》を落としたA男は、「あれ？」

と声をあげた。

「どうしたんだよ」

K平がちかづいてきて、A男の手元をのぞきこむ。

「これ、だれの字だろ？」

A男が手にしている用紙には、ひどくふるえた文字で、番号がいくつか並《なら》んでいた。

ところが、名前の欄《らん》にまるで血のような赤黒い染《し》みがべっとりとついていて、だれが申し込んだのかがわからない。

ふたりがなんとかして名前を判読《はんどく》しようとしていると、

「おまたせー」

N彦が両手いっぱいに塩をのせて、教室にとびこんできた。

「それ、どこからとってきたんだよ」

おどろいてたずねるK平に、

「校門のわきにもってあったんだよ」

N彦はそういいながら、写真の上にまきはじめた。

「おい、それって……」

A男は青い顔で息をのんだ。たしか、ちょうど一年前の今頃《いまごろ》、校門をでたところで車にはねられて死んだ一年生の男の子がいたはずだ。その塩はきっと、その男の子のためにもられたものだろう──A男がそういうと、

「ふーん、そうなんだ」

N彦は、あまり気にした様子もなく、あっというまに全部ばらまいてしまった。

「まあ、どうせ心霊写真《しんれいしゃしん》なんかあるわけが……」

そういいかけたK平は、途中《とちゅう》で顔をひきつらせて言葉を飲みこんだ。A男とN彦も目をまるくして写真を見つめている。

何枚《なんまい》かの写真の上の塩が、まるで泥水《どろみず》をかけたみたいに、ずぶずぶととけだしたのだ。

「お、おい、これ……」

K平がふるえる指で、塩のとけていく写真の番号を順番に読みあげた。

「五番と十八番と二十三番と……」

それをきいていたA男の顔色が、みるみるうちに青ざめていく。

「どうしたんだよ」

N彦の問いに、A男は、

「さっきの申込用紙《もうしこみようし》の番号とおんなじなんだ……」

そういいながら、塩をぬぐって、写真におそるおそる顔を近づけた。

よく見ると、三人しか走ってないのに足が七本あったり、おどってる男の子の腕《うで》が一本多かったり、たしかにどれもありえない写真ばかりだった。

「でも、どうして手や足ばっかりなんだろ……」

心霊写真《しんれいしゃしん》といえば、たいていはうらめしそうな顔が写ってるものなのに……そう思った

A男がつぶやいたとき、部屋の中の温度がスッとさがった。三人が金しばりにあったよう

にうごけないでいると、

「だって……」

A男のすぐそばで、男の子の声がした。

ばさりと音を立てて、まっ赤に染《そ》まった野球帽《やきゅうぼう》が足下に落ちる。

A男が顔をむけると、いつのまにかさっきの男の子が、血だらけの顔ですぐそばに立っ

ていた。

悲鳴をあげるA男の耳元で、男の子が悲しそうにつぶやいた。

「こんな顔で写ってたら、現像《げんぞう》してもらえないでしょ？　ぼく、自分の写ってる写真がほ

しかったんだもん」

〈B子《ビーこ》の場合〉

放課後の教室で、B子が写真を前にして申込用紙《もうしこみようし》の整理をしていると、なかよしのT美《ティーみ》が近づいてきて、

「ねえねえ。わたしの分、九番も追加しといて」

B子の耳元に口をよせると、小さな声でそういった。

「え？　九番？」

B子は九番の写真に目をやった。おなじクラスのK平《ケイへい》が、一着でゴールテープを切っている写真だ。

「え？　なになに？　T美って、K平ねらいだったの？」

B子がにやにやしながらそういうと、T美は本気でいやそうな顔になって、顔の前で手をふった。

「ちがうちがう。そうじゃなくて、はじめは気づかなかったんだけど……これって、心霊《しんれい》

写真じゃない？」

そういわれて、B子が写真をじっくり見直すと、たしかにうしろの校舎《こうしゃ》の窓《まど》に、白っぽい人かげが見えるような気がする。

「だれかが忘《わす》れものでもとりにいってたんじゃないの？」

運動会の日は、原則《げんそく》として校舎内は立ち入り禁止《きんし》だけど、トイレにいったりするため、かぎはあいているので、こっそり教室にいく子もめずらしくない。だけど、

「だって、ここって、あの六年四組の教室だよ」

T美にいわれて、B子は「あっ」と思った。たしかに人かげが写っているのは、六年四組の教室の窓だ。

六年四組には、運動会にまつわるこんな噂《うわさ》が伝わっていた。

昔、六年四組にひとりの女の子がいた。

その女の子はもともと体が弱くて、体育なんかもずっと見学してたんだけど、いつかは自分も、みんなといっしょに走りまわれるようになりたいと思っていた。

だけど、最後の運動会も、結局みんなといっしょに参加することはできなかった。

運動会の次の日は、代休で学校が休みになる。その代休の日の夕方、彼女《かのじょ》が校庭でたおれているのを、用務員《ようむいん》さんが発見した。

学校の前をぐうぜん通りかかった人によると、女の子はだれもいない校庭を、ひとりで走っていたらしい。

彼女はすぐに病院にはこばれたけど、その日の夜のうちに亡《な》くなってしまった。

それ以来、運動会の日になると、六年四組の教室に、うらやましそうにみんなを見つめる女の子の幽霊《ゆうれい》がでるというのだ。

そんな写真を買ってどうするの、とB子がきくと、こういう話が好きなお姉ちゃんにこの写真をあげて、かわりにおこづかいをもらうのだとT美は笑った。

ちゃっかりしてるな――苦笑しながらも、写真のことが気になったB子は、T美が帰ると写真を手に六年四組の教室へとむかった。

教室にはだれもいなかった。B子は中に入って窓辺《まどべ》に立つと、

（きっと、いっしょに走りたかったんだろうな……）

と思いながら、校庭を見おろした。すると、すぐ近くに人が立つ気配を感じた。

顔をあげたB子は、ドキッとして鳥はだがたった。となりの窓《まど》の前に、さっきまではいなかったはずの女の子が、悲しそうな顔をして立っていたのだ。

すぐそばにいるはずなのに、女の子のすがたはなんだかもやがかかったみたいにぼんやりとしていて、まるで実体がないみたいだ。

B子はとっさに悲鳴を押《お》し殺《ころ》すと、胸《むね》に手をあてて深呼吸《しんこきゅう》をしてから、すっと目をそらした。

目をふせたまま窓に背《せ》をむけて、一歩一歩、ゆっくりとドアにむかって歩いていく。

そして、ドアに手をかけて、ホッと息をついた瞬間《しゅんかん》、すぐうしろで女の子の声がした。

「見えてるくせに」

B子は悲鳴をあげながら教室をとびだして、全速力でろうかを走った。

だけど、どれだけ走っても、まるでなにかが背中にはりついているみたいに、首のうしろのあたりから気配がはなれない。

B子は途中《とちゅう》で方向転換《ほうこうてんかん》して、階段《かいだん》をかけおりた。

心霊写真《しんれいしゃしん》を撮《と》ったときには、塩をひとつまみ写真の上にもっておくと、その霊が浄化《じょうか》されるという噂《うわさ》を思いだしたのだ。

B子はだれもいない家庭科室にとびこむと、戸だなをあさって、塩の袋《ふくろ》をひっぱりだした。そして、机《つくえ》の上に写真を置くと、その上から塩をドサドサとかけた。

塩にうもれて、すぐに写真が見えなくなる。

やがて、塩の袋がからっぽになると、B子はようやく手をとめて、床《ゆか》に座《すわ》りこんだ。

首のうしろを手でなでてみたけど、気配は感じない。

ホッと胸《むね》をなでおろしたB子は、信じられない光景に目をうたがった。

山もりの塩が、突然《とつぜん》ずぶずぶととけだしたのだ。

目を見開くB子の目の前で、塩はやがて一つぶのこらずとけてなくなった。

声もだせずに、ぼうぜんとしているB子の耳元で、さっきの女の子が、笑いをふくんだ声でささやいた。

「そんなの効《き》かないよ」

了

なんだか首すじになまあたたかい息がかかったような気がして、わたしはビクッと首をすくめた。おそるおそるふりかえるけど、わたしの席は教室の一番うしろなので、もちろんうしろにはだれもいない。

気のせいだよね……ホッと息をついたわたしは、あることに気づいて、今度は背《せ》すじがゾワゾワッとした。

ふつう、心霊写真《しんれいしゃしん》というのは、写真を撮《と》ったときには気づかないことが多い。

だからこそ写真を見たときにびっくりするんだけど、それって逆《ぎゃく》に考えると、写真を撮《と》ったときにはそばにいたはずの幽霊《ゆうれい》が、そのときには見えていなかったということだ。

つまり、ふだん目には見えていないだけで、わたしたちのまわりにはつねにたくさんの霊がいるのかも……そう考えると、急に怖《こわ》くなってきたのだ。

鳥はだのたった腕《うで》を服の上からこすりながら、わたしがそっと本を閉《と》じようとしたとき、

「二宮金次郎《にのみやきんじろう》は……」

先生の口からとびだした意外な単語《たんご》に、わたしは手をとめて顔をあげた。

「いまでは学校にある銅像《どうぞう》のモデルとして有名ですが、じつは江戸時代《えどじだい》に生きた、実在《じつざい》の人物なんです」

教室の中から「へーえ」という声と、「わたし、知ってる」という声が同時にあがった。

知ってる、といったのは亜衣《あい》ちゃんだ。

「すごく頭がよかったんですよね？」

「そうね」と、吉岡《よしおか》先生はうなずいて、

「二宮金次郎というのは幼名《ようめい》――おさないときの名前で、本名は二宮尊徳《そんとく》といいます。子どものころから一生懸命《いっしょうけんめい》勉強して、大人《おとな》になってからは農業の発展《はってん》に力をつくしました。

以前《いぜん》はうちの学校にも、みなさんに二宮金次郎《にのみやきんじろう》のようにしっかりと勉強してほしいという思いをこめて、裏門《うらもん》に二宮金次郎の銅像《どうぞう》が立っていましたが、台座《だいざ》が古くなってきて、たおれたりすると危険《きけん》なので、いまでは倉庫《そうこ》に大事に保管《ほかん》されています」

「あれ？　夜中に走りまわるからじゃないんですか？」

亜衣《あい》ちゃんの言葉に、みんなから笑い声がおこった。先生も笑いながら、

「あのからだで走りまわられたら、校庭が穴《あな》だらけになりそうね」

そういうと、チョークを手に黒板の方をむいて、次の話題にうつった。

わたしは、さっきチラッと目にしたタイトルが気になって、『黄色い本』をふたたびこっそりと開いた。

# 第八話　迷子《まいご》の金次郎《きんじろう》

わたしが知っている怖《こわ》い話は、裏門《うらもん》のところにたっている二宮金次郎《にのみやきんじろう》が、夜になると校庭でかけっこの練習《れんしゅう》をしているというものです。

それを見てしまった人は、朝までいっしょに走らないといけないそうです。

もしとちゅうでつかれて走るのをやめたりしたら、

「休むな～」

といって、背中《せなか》のままで八十八回たたかれます。

金次郎からにげる方法は、学校の外にでることです。金次郎は、学校の外までは追いかけてこないからです。

それには、こんなお話があります。

ある日の夜のこと。マラソン大会にそなえて練習していた六年生の男の子が、学校の前を通りかかったときに、金次郎が走っているのを見てしまいました。

金次郎《きんじろう》は、「見たな〜」といって追いかけてきましたが、男の子は背中《せなか》をむけて、そのまま全速力でにげていきました。

金次郎はあわててフェンスをのりこえて追いかけましたが、まきをせおっているので、そんなに早くは走れません。

しかも、その男の子はマラソンの優勝候補《ゆうしょうこうほ》で、すごく足がはやかったのです。

男の子のすがたは、暗い夜道をどんどん遠ざかっていって、ついに金次郎は男の子を見《み》失《うしな》ってしまいました。

「あれ？　ここはどこだろう？」

ハッと気がついてあたりを見まわすと、全然《ぜんぜん》見たことのない場所です。どうやら追いかけるのに夢中《むちゅう》になって、迷子《まいご》になってしまったようです。

帰り道がわからなくて泣きそうになっていた金次郎は、ふと背中がやけに軽いことに気がつきました。

ふりかえって数えてみると、いつも二十九本あるはずの背中のまきが、いまは十九本しかありません。どうやらとちゅうで落としてしまったようです。

いま走ってきたばかりの夜道に目をこらすと、五十メートルくらいむこうに、まきが一本落ちているのが見えました。

あともどりして拾いにいくと、さらにその先の交差点に、もう一本落ちています。

それを拾いにいったら、今度は右にまがったところにもう一本……そんなふうにどんどん拾っていくうちに、いつのまにか金次郎《きんじろう》は、学校の前にもどってきていました。

それ以来《いらい》、金次郎はかけっこの練習《れんしゅう》を見られても、学校の外にでて追いかけてくることはなくなったということです。

了

読み終わって、わたしは思わず笑ってしまった。

文章は山岸《やまぎし》さんが書き直したんだろうけど、もとになるネタを応募《おうぼ》したのは、たぶん低学年の子だろう。

中にはこういう、ほほえましい怪談《かいだん》もあるのだ。

休み時間になって、わたしが亜衣《あい》ちゃんに迷子《まいご》の金次郎《きんじろう》の噂《うわさ》を知ってるかときくと、亜衣ちゃんは「知ってる知ってる」とうなずいて、

「じつは、そのときのまきがまだ一本見つかってなくて、いまだに夜中になると、まきをさがして学校の近くをうろうろしてるらしいよ」

そういって笑った。

「でも、いまは倉庫《そうこ》に入れられてるんでしょ？　それに、学校の外にはでられないんじゃないの？」

「うん。だから、最近は少女の像《ぞう》がかわりにさがしてあげてるっていう噂もあるの」

さらに、じつはふたり（？）はつきあってるっていう噂もあって……なんて話をきいているうちにチャイムが鳴ったので、わたしたちは自分の席にもどった。

二時間目は算数だ。授業《じゅぎょう》の後半はプリントだったんだけど、早く終わった人は自習をしてていいといわれたので、つづきが気になったわたしは、こっそりと『黄色い本』を開

いた。

# 第九話　プールの女の子

うちの学校のプールには、怖《こわ》い噂《うわさ》がいくつもあります。
神社のうらの池と底《そこ》がつながっているとか、
夜中の二時になるとまっ赤に染《そ》まるとか、
月のない夜には大きな顔が現《あらわ》れるとか、
第四コースで足をひっぱられるとか、
金次郎《きんじろう》がこっそりおよいでるとか、
黒髪《くろかみ》が手や足をしめつけるとか、

人食いワニがすんでいるとか、
プールだけで、七不思議ができるほどです。
これは、その中でもわたしが一番怖《こわ》かった話です。

ある年の夏のことです。水泳の授業中《じゅぎょうちゅう》に、プールのまん中あたりから、

「助けてー」

という声がするのを、ちょうど近くにいたC子《シーこ》が気づきました。

ふりかえると、水面が大きく波うって、女の子の顔と手が、ういたりしずんだりしています。

C子はプールサイドの先生を見ましたが、先生はこちらにまったく気づいていないようです。

先生を呼《よ》んでるひまはない、と判断《はんだん》したC子は、自分で助けようと、女の子の方に手をのばしました。C子は六年生の女子の中でも背《せ》が高い方なので、一番深いところでも、顔

が水の上にでます。

だから、ひとりでもだいじょうぶ——そう思っていたのですが、おぼれていた女の子がC子の手をつかんで、ぐいっとひっぱったせいで、C子はバランスをくずして、水の中にひきずりこまれてしまいました。

口と鼻から空気の泡《あわ》をごぼごぼとだしながら、C子は目をうたがいました。透明《とうめい》なはずのプールの水が、まるで池の水みたいな暗い緑色になって、プールの底《そこ》がまったく見えなくなっていたのです。

これはやばいと思ったC子は、女の子の手をふりはらうと、水面から顔をだして大声で先生に助けを求《もと》めました。

その声に気づいた先生がすぐにとびこんで、C子はプールからひきあげられました。そして、

「まだあそこに……」

と、女の子がおぼれていたあたりを指さそうとして、そのままの姿勢《しせい》でこおりつきました。

プールの中から、おかっぱ頭の女の子が、まるで空中から見えない糸でつりあげられているみたいに、ゆっくりとすがたをあらわしたのです。

しかも、女の子は水着ではなく、くすんだあずき色のワンピースを着ていて、顔にはべったりと水草がからんでいます。

先生もほかの生徒《せいと》たちも、おどろきと恐怖《きょうふ》のあまり、声もでません。

女の子は水の上に全身をあらわすと、そのままスーッと空気にとけるように消えていきました。

プールサイドは、一瞬《いっしゅん》シンとしずまりかえりましたが、次の瞬間、みんないっせいに悲鳴をあげました。

結局、その年の水泳の授業《じゅぎょう》は、近くにあるべつの小学校のプールをかりてやることになったそうです。


じつは、プールがある場所には、昔は池がありました。

まだ学校ができる前、池に落ちておぼれてしまった女の子がいたのですが、池の底《そこ》には水草が大量《たいりょう》にはえていて、大人《おとな》でもへたにもぐると水草にからまれておぼれてしまうので、結局死体が発見されないまま、学校が建てられてしまったのだそうです。

あの女の子は、にぎやかなプールの授業《じゅぎょう》がうらやましくなってでてきたのでしょうか……。

了

# 第十話　ひとつ、ふたつ

これは宿直《しゅくちょく》といって、夜の学校に先生がとまりこむ習慣《しゅうかん》がまだあった時代の話です。

先生たちの間で、夜の見まわりのとき、だれもいないはずの体育館からボールをつく音がきこえてくるという噂《うわさ》がありました。

不思議に思って体育館の中をのぞきこむと、小柄《こがら》な人かげがバスケットボールでドリブルをしているのが見えます。子どもが勝手に入りこんで遊んでいるのかな、と思ってよく見ると、それは小柄な人かげではなく、首のない男の子が自分の首を使ってドリブルをしているというのです。

これは昔、バスケットボールの練習中《れんしゅうちゅう》、ゴールが落ちてきて首がきられた男の子の霊《れい》だといわれています。

ある日の夜、まだ大学をでたばかりのわかい先生が、宿直で見まわりをしていると、体育館の中からボールをつく音がきこえてきました。

先生は首のない男の子の噂《うわさ》を知っていましたが、もしだれかがいたずらで入りこんでいるのなら、注意しなければいけません。

先生はかぎをあけると、そっと中に入りました。

「だれかいるのか？」

先生が呼《よ》びかけると、それに返事をするかのように、奥《おく》の方でポーンとひとつ、ボールをつく音がしました。

「どうやって入ったんだ」

呼びかけながら近づくと、音はピタッとやみます。

「そこにいるんだろ？」

先生がたずねると、また、ポーンとボールの音。

どうやら、ボールをつく音で返事をしているようです。

しかし、奇妙《きみょう》なことに、いくら目をこらしてみても人かげらしきものは見えません。まるで、暗がりの中でボールだけがはねているみたいです。

これはもしかしたら、生きている者ではないのかもしれない——そう思った先生は、

「それじゃあ、いまから質問《しつもん》をするから、はいなら一回、いいえなら二回、ボールをついてくれ」

といいました。すると、ボールがひとつ、ポーンとはねました。

「きみは、この学校の生徒《せいと》ですか?」

ポーン
「きみは……もしかして、死んでますか?」

ポーン
先生は少しゾクッとしましたが、すなおにこたえてくれているのだから、悪い霊《れい》ではないだろうと思い、勇気をだして質問をつづけました。

「この学校になにかうらみがありますか?」

ポーン、ポーン

「この学校の先生か生徒《せいと》になにかうらみがありますか?」
ポーン、ポーン
先生はホッとしました。どうやら、なにかをうらんででてきているわけではなさそうです。
「もしかして、遊びたいだけなのかな?」
ポーン
そうだったのか……先生の表情《ひょうじょう》が、ほんの少しゆるみました。そして、ただ遊びたいだけなら、自分が宿直《しゅくちょく》のときだけでも遊ばせてあげようかな、と思いながら、さらに質問《しつもん》を重ねました。
「ひとりで遊んでて、さみしくないの?」
ポーン、ポーン
返事をきいてから、先生は(あれ?)と思いました。いまの質問のしかただと、「いいえ」の意味が「ひとりだけどさみしくない」なのか「ひとりじゃないからさみしくない」

なのか、わからないことに気づいたのです。

「もしかして……ひとりじゃないのかな？」

先生が少し緊張《きんちょう》しながらたずねると、
ポーン
ボールのはねる音が、ひとつだけかえってきました。

同時に、先生は自分をとりかこむような、複数《ふくすう》の気配を感じました。

暗やみになれてきた目でよく見ると、体育館のあちこちに、ボールがいくつもころがっています。

先生は、つばをごくりと飲みこんでから、次の質問《しつもん》を口にしました。

「きみたちは、何人いるんですか？」

すると、先生のうしろから、ポーン、ポーン……と、ボールをつく音がきこえはじめました。

先生がふりかえると、今度は左側で、ポーン、ポーン……という音がします。

つづいて、右側でもポーン、ポーン、ななめうしろからもポーン、ポーン、ポーン……

気がつくと、いつのまにか先生のまわりをぐるりとかこむようにして、無数のボールがはねまわっているのです。


ポーン、ポーン、ポン、ポン、ポン、ポン、ポンポンポンポンポンポンポンポンポンポンポンポン……


「うわーっ！」

おそろしくなった先生は、悲鳴をあげながら体育館をとびだしていきました。

そのうしろから、子どもたちの楽しそうな笑い声が追いかけてきます。

それ以来《いらい》、先生は宿直《しゅくちょく》の日になっても、夜の体育館にはぜったいに近づかなくなったということです。

了

宿直《しゅくちょく》は怖《こわ》そうだけど、夜の学校を探検《たんけん》するのは、ちょっと楽しそうだな、とわたしは思った。

だけど、もし噂《うわさ》になっている怪談《かいだん》が全部本当だとしたら——この学校では夜中になると、音楽室ではピアノがなりひびき、理科室ではガイコツが笑いだし、校庭では二宮金次郎《にのみやきんじろう》が走りまわって、体育館では大勢《おおぜい》の子どもたちが遊んでいることになる。

これだけにぎやかだと、さすがに近所から苦情《くじょう》がくるんじゃないかな……なんてことを考えながら、わたしは次の話を読みはじめた。

## 第十一話　ろう下を走ってはいけません

きみは、北校舎《きたこうしゃ》のろう下にはってある〈ろう下を走ってはいけません〉というはり紙を見たことはあるかな？

このはり紙、ただのはり紙じゃないんだ。

悪いことはいわないから、きみも守ったほうがいいよ。さもないと……


あれは、一週間前のこと。

理科室のそうじが終わって、教室にもどろうとしたぼくに、

「教室まで競走《きょうそう》しようぜ」

ヨシオが勝負をしかけてきたんだ。

「よーし。よーい……」

ぼくたちが走りだす構《かま》えをしたとき、とつぜん首がグッとしまった。

ふりかえると、担任《たんにん》の吉岡《よしおか》先生が、その元ラグビー部の太い腕《うで》で、ぼくたちのえりくびをうしろからつかんでいた。

「こら。おまえたち、あれが見えないのか」

先生は、はり紙を指さした。

〈ろう下を走ってはいけません〉

ぼくとヨシオはうつむいて、先生のお説教《せっきょう》をきき流そうとしたんだけど、そんな態度《たいど》を感じとったのか、先生は怖《こわ》い口調で、

「北校舎《きたこうしゃ》でろう下を走ったりすると、恐《おそ》ろしいことがおこるんだぞ」

といった。それをきいて、ぼくとヨシオは顔を見あわせた。

「なにがおこるんですか？」

ヨシオがきくと、

「もうひとつの足音が、うしろから追いかけてくるんだ」

先生はぼくたちの顔をこうごに見ながらこたえた。

「なにが追いかけてくるんですか？」

ぼくがさらにたずねると、

「さあな」

先生はにやりと笑っていった。

「ただ、これだけはいえる。それに追いつかれると、大変なことになるからな」

そんな意味ありげなことをいわれたら、よけいにやりたくなるにきまってる。

下校時刻《じこく》の直前。ぼくとヨシオは北校舎《きたこうしゃ》の四階のつきあたり、図書室のとびらの前に並《なら》ぶと、ろう下にだれもいないことをたしかめてから、反対側の階段《かいだん》めがけて「用意、ドンッ！」で走りだした。

ろう下の長さは五十メートルもないので、走ったら一瞬《いっしゅん》のはずだ。

ところが、おかしなことにいくら走っても、階段にはたどりつかなかった。それどころか、ゴールがどんどん遠くなっていく気がする。

しかも、先生のいっていた通り、いつのまにか足音がひとつふえていた。

おそるおそるふりかえったぼくは、心臓《しんぞう》がとまるかと思うくらいにおどろいた。ぼくたちのすぐうしろから、着物すがたのおばあさんが、目をつりあげて怒《いか》りの形相《ぎょうそう》で追いかけてきていたのだ。

「それに追いつかれると、大変なことになるからな」

先生のせりふを思いだして、ぼくたちは必死でにげた。

だけど、どこまでもつづくろう下に、おばあさんはつかれる様子もなく、それどころか、じょじょにペースをあげて追いかけてくる。

そして、あっというまに追いぬかれたかと思うと、おばあさんはくるりとこちらをふり返り、

「ろう下を走ったらいかん！」

するどい声でそういって、ぼくとヨシオのおでこを、ペシッとたたいた。

とたんに、おばあさんのすがたはかき消すようにいなくなり、ろう下は元の長さにもどって、目の前に階段《かいだん》が現《あらわ》れた。ぼくたちがあっけにとられていると、

「おまえたち、ろう下を走っただろ？」

先生がにやにやしながら、階段の下から現れた。どうやら、ぼくたちがろう下を走るこ

とはわかっていて、わざとあんなことをいったようだ。

「おばあさんに、おでこをペシッとやられなかったか？」

先生の言葉に、ぼくたちがだまってうなずくと、

「あの人は妹尾《せのお》さんといってな、もともとはこのあたりの大地主だったんだ」

先生はそう前置きをしてから、こんな話をはじめた。

学校ができる前、このあたりには山とお寺があった。妹尾さんはその山の地主で、礼儀《れいぎ》やしつけに人一倍きびしく、山に遊びにくる子どもたちをよくしかっていたらしい。

学校ができてからも、妹尾さんは登下校中の子どもたちに口うるさく注意をしていたんだけど、あるとき、いつものように子どもたちに注意をしているうちに興奮《こうふん》しすぎて、血圧《けつあつ》があがって亡《な》くなってしまった。

「それ以来《いらい》、きまりを守らない悪がきがいると、注意をするためにでてくるんだそうだ」

先生の言葉に、

「それじゃあ、殺されるとかじゃなくて、注意するだけなんですね？」

ヨシオが胸《むね》に手をあててホッとした表情《ひょうじょう》でいうと、先生はあきれた顔で、「なんでろう下を走ったぐらいで殺《ころ》されるんだ」といってから、ぼくたちの顔をじっと見つめて、真剣《しんけん》な顔でつづけた。

「だけど、気をつけろよ。本当に大変なのは、これからだぞ」

追いかけられてるときは怖《こわ》かったけど、呪《のろ》いとかたたりってわけじゃなさそうなので、家に帰ったときには、おばあさんのことはほとんど気にならなくなっていた。

くつを玄関《げんかん》にぬぎすてると、冷蔵庫《れいぞうこ》を開けて、おやつのシュークリームにかぶりつく。

すると、次の瞬間《しゅんかん》、

「こら!」

うしろから大きな声でどなられて、ぼくはもう少しでシュークリームをのどにつまらせるところだった。

ふりかえると、さっきのおばあさん——妹尾《せのお》さんが、目をつりあげて、すぐ目の前に立っていた。

妹尾《せのお》さんは、ぼくのおでこをペシッとたたくと、玄関《げんかん》を指さしていった。

「家に帰ったら、きちんとくつをそろえて、手をあらってからおやつにしなさい」

「はあ……」

怖《こわ》いというよりも、いきなりどなられたことに腹《はら》が立って、ぼくがすぐにはうごかずにいると、

「早くしなさい！」

妹尾さんは、窓《まど》ガラスがびりびりとふるえるような声でいった。髪《かみ》がさかだち、つりあがった目が白く光りだす。

「しないのなら……」

妹尾さんは両手をぼくの方につきだした。まるでナイフのようにするどいつめが、ぼくの首すじにせまってくる。

「は、はい、します、すぐにします……」

ぼくはあわててころがるように玄関《げんかん》に走った。

次の日の朝。ぼくは大きなため息をつきながら、いつもよりも早い時間に、背《せ》すじをのばして学校にむかっていた。

あれからも妹尾《せのお》さんは、ぼくの前に何回もすがたを現《あらわ》した。

ごはんの前は両手をあわせなさい、お米をのこしてはいけません、敷居《しきい》はふむな、人はまたぐな、ねころんで本を読むな……

そして、少しでも反抗的《はんこうてき》な態度《たいど》をとろうものなら、目をつりあげてせまってくるのだ。

さっきも、「背すじをのばして歩きなさい！」とおこられたところだった。

校門の前まできたところで、むこうから、やっぱり背すじをシャンとのばして歩いてくるヨシオと目があった。

ぼくたちが職員室《しょくいんしつ》に吉岡《よしおか》先生をたずねると、先生はぼくたちの様子を見て、にやりと笑いながらこういった。

「だから、大変なことになるっていっただろ。まあ、あきらめるんだな。一か月もたって、おまえたちの生活態度《せいかつたいど》が変われば、妹尾《せのお》さんも帰ってくれるだろ」

了

読み終わって、わたしは思わずうしろをふり返った。

授業中《じゅぎょうちゅう》に怪談《かいだん》の本なんか読んでるところを妹尾さんが見たら、ペシッとされるにちがいない――そう思うと、なんだか首のうしろがヒヤッとして、わたしはあわてて本を閉《と》じた。

三時間目は体育だった。きょうは体育館でソフトバレーボールだ。

体育館にいくとちゅう、わたしはプールにより道をした。

季節はずれのプールには、中に入れないよう、大きな南京錠《なんきんじょう》がかかっている。

わたしは金網《かなあみ》ごしにプールをのぞきこんだ。深い緑色の水が、北風に波をたてている。泳ぐ人のいないこの季節、プールは近くで火事がおこったときのための、防火用水《ぼうかようすい》をためているのだ。

怪談《かいだん》にでてきたあの女の子は、いまでもプールの底《そこ》のさらにその下で、水草にとらわれているのだろうか……。

あの怪談が本当かどうかはわからない。ただ、もし怪談が噂《うわさ》なら、元になった事故《じこ》も噂だったらいいな――そう思いながら、わたしはそっと手をあわせて、体育館へと走った。

きょうは試合形式なので、体育館のすみにある用具室から、ボールやネットをだして準《じゅん》備《び》をしないといけない。

わたしが体育館についたときには、男子がもうポールを立てて、ネットをはろうとしているところだった。

佳代《かよ》ちゃんたちが、かごに入ったバレーボールをはこんでいたので、それを手伝おうとしたとき、ボールがひとつ、用具室の方にころがっていくのが見えた。

わたしがボールを追いかけて、用具室の前でひろいあげると、

コン、コン、コン

ドアのむこうから、ノックをするような音がきこえてきた。

「だれかいるの?」

わたしはドアに近づいて声をかけた。用具室のドアは、外からかぎがかかるようになっている。つまり、中に人がのこった状態《じょうたい》でだれかがかぎをかけてしまったら、その人はとじこめられてしまうのだ。

コン

わたしが耳をすませていると、

ノックがひとつ、返ってきた。

「だいじょうぶ?」

さらに声をかけると、

コン、コン

今度はふたつ。少なくとも、中にだれかいることはまちがいなさそうだ。

わたしはドアを開けて中に入った。ふつう教室の半分くらいしかない小さな部屋の中に、

マットやとび箱、バスケットボールや卓球台《たっきゅうだい》が、ところせましと並《なら》んでいる。窓《まど》は部屋の奥《おく》に小さいのがひとつあるだけで、全体的にうす暗い。

「どこにいるの？」

汗《あせ》とほこりのどくとくのにおいに顔をしかめながら、わたしが呼《よ》びかけると、

バタンッ

背後《はいご》で大きな音を立てて、ドアが閉《し》まった。

「ちょっと、やめてよ」

わたしがふりかえると、まるでわたしをからかうみたいに、今度は部屋の奥の壁《かべ》が、バンバンバン、と鳴りだした。

「だれ？　もしかして、ひとりじゃないの？」

わたしが思わずそう口走ると、一瞬《いっしゅん》音がやんで、シンとしずまりかえった。そして、次の瞬間、部屋中の壁がいっせいに鳴りだした。

バン、バン、バン、バン、バンバンバンバンバンバンバンバン……

わたしは耳をふさぎながら用具室をでようとした。だけど、どういうわけか外からかぎがかかっていて、ドアが開かない。

「あけて！」

わたしは大声をあげながら、ドアのノブを何度もひっぱった。なんだか息ぐるしくなってきて、頭がくらくらする。

からだ中から力がぬけて、フッと意識《いしき》が遠くなる寸前《すんぜん》、

「どうしたの？　だれか中にいるの？」

ドアをたたく音と、先生の声がきこえたような気がした。

目がさめると、保健室《ほけんしつ》のベッドの上だった。

吉岡《よしおか》先生がベッドの横のパイプいすに座《すわ》って、心配そうにわたしの顔をのぞきこんでいる。

「気がついた？」

「あ、はい……」

わたしはうなずいて、ベッドの上にからだをおこそうとしたけど、からだに力が入らなかった。

「まだねてたほうがいいわ」

先生はやさしくほほえんで、わたしの肩《かた》にそっと手を置いた。そして、

「あのドアは、前から調子が悪かったの」

顔をしかめながらそういった。

「たてつけが悪いみたいで、かぎをかけてなくても開かなくなることがあって……あんなせまい部屋に閉《と》じこめられた上に、大声をだしたから、息苦しくなっちゃったのね」

「そう……ですね」

わたしはベッドのすぐそばにある窓《まど》に目をむけた。強い北風に、窓ガラスががたがたとはげしくゆれている。さっきの壁《かべ》をたたくような音も、もしかしたら風のせいだったのかもしれない……わたしはそう思うことにした。

「それじゃあ、先生はそろそろもどるわね」

先生はいすから立ちあがると、

「岸里《きしざと》さんは、このままお昼休みまでねてていいから。保健《ほけん》の佐藤《さとう》先生も、もうすぐもどってくると思うし」

そういいのこして、保健室からでていった。佐藤先生は、前の時間の体育でけがをした子につきそって、病院にいっているのだそうだ。

吉岡《よしおか》先生がいなくなると、急にしずかになった。窓《まど》ガラスが風にゆれる音だけが、部屋の中にひびいている。

ベッドの上で何度か深呼吸《しんこきゅう》をくり返すうちに、だいぶ気分がよくなってきたわたしは、ゆっくりとからだをおこして、

「あれ？」

とつぶやいた。

先生が座《すわ》っていたいすの上に、『黄色い本』が置かれていたのだ。

（先生がもってきてくれたのかな？　でも、先生も『黄色い本』の実物は見たことないは

ずなんだけど……）

首をひねりながら、わたしは壁《かべ》の時計に目をやった。昼休みまでねてていいといわれてしまうと、けっこう退屈《たいくつ》だ。

できれば放課後までに、最後まで読んでおきたかったので、わたしはベッドの上でからだをおこすと、そっと本を開いた。

## 第十二話　テケテケ

「ねえねえ、テケテケの話って知ってる？」

いつもと同じ帰り道。夕陽に染《そ》まる道を並《なら》んで歩きながら、珠美《たまみ》が突然《とつぜん》そんなことをきいてきた。

「テケテケ？」わたしは歩きながら、顔を珠美《たまみ》にむけた。

「上半身だけの女の子の妖怪《ようかい》でしょ？　わたしが知ってるのは、こんな話だけど――」

放課後のろう下を、忘《わす》れ物《もの》をとりにきた女の子が歩いていると、うしろから「コツコツ、コツコツ」という音がきこえてきた。

ふりかえると、上半身だけの女の子が、手にカマをもってこちらをじっとにらんでいる。

これがテケテケだ。

女の子が悲鳴をあげて走りだすと、テケテケもひじで走って追いかけてきた。

追いつめられた女の子は、トイレににげこむと、一番奥《おく》の個室《こしつ》に入ってドアを閉《し》めた。

そのままトイレのすみでしゃがみこんで息を殺《ころ》していると、
コツコツ、コツコツ
という音が、トイレの中に入ってきた。しかも、入り口側の個室から順番にドアを開けて、

「ここでもな～い」

「ここでもな～い」

といいながら、どんどん近づいてくる。

そして、ついに自分がかくれている個室《こしつ》の前まできたところで、音はぴたりととまって、

「どこにかくれた～」

うめくような声とともに、コツコツという音は遠ざかっていった。

シンとしずまりかえったトイレの中で、女の子はしばらく耳をすませて外の様子をうかがっていたけど、いつまでたってもなにもきこえてこない。ようやくほっとした女の子が顔をあげると、ドアの上からテケテケがのぞきこんでいて、にやりと笑ってこういった。

「見ーつけた」

「そのときに、『テケテケ』って早口で十三回以上《いじょう》まちがえずにいえたら助かるってきいたけど……」

わたしが話し終えると、

「でも、どうしてその女の子がテケテケになったのかは知らないでしょ？」

珠美《たまみ》は真剣《しんけん》な顔で話しだした。


すごく寒い地方での話。

本を読みながら道を歩いていた女の子が、ふみきりで電車にはねられてしまった。

特急電車にはねられた女の子のからだは、腰《こし》のところでまっぷたつになった。

ふつうならすぐに死んでしまうところだけど、その日は氷点下何度という、一年のうちでも一番寒い日だったので、切断《せつだん》された血管《けっかん》は一瞬《いっしゅん》にしてこおりつき、一時的に出血がとまった。そのため、女の子はすぐには死なずに、「死にたくない」とつぶやきながら、自分の下半身をさがしてひじではいまわったらしい。

その女の子がテケテケになって、いまだに下半身をさがしているというのだ。

さらにテケテケは、カマで女性《じょせい》のからだをまっぷたつにきると、きりとった下半身に自分のからだをつなごうとするらしい。だけど、他人の下半身は自分のからだにはあわず、すぐにくさってしまうので、つぎつぎと人をおそうということだった。

「――しかも、テケテケに下半身をきりとられた人も、テケテケになって町をさまようようになるんだって」

珠美《たまみ》の言葉に、わたしが「こわ……」と声をふるわせると、

「じつはね……」

珠美はにやにや笑いをうかべながらつづけた。

「この話をきいちゃった人のところに、一週間以内にテケテケが現《あらわ》れるらしいよ」

「ちょっと、やめてよ」

その手の話が苦手なわたしが珠美の肩《かた》をたたこうとすると、珠美は笑い声をあげながらにげていった。

その日の夜。わたしがおふろあがりにテレビを見ていると、となり町で腰《こし》からまっぷた

つにきられた女性《じょせい》の下半身が発見された、というニュースをやっていた。

しかも、上半身はまだ見つかっていないらしい。

まるでテケテケにおそわれたみたいだな、と思いながらニュースを見ていたわたしは、近くに落ちていたバッグから判明《はんめい》したという死体の身元をきいて、思わず「え？」と声をあげた。

それは、珠美《たまみ》が家庭教師をしてもらっているという女子大生と、同じ名前だったのだ。

その日の夜。わたしはテケテケに追いかけられる夢《ゆめ》を見た。

コンコン、と窓《まど》をたたく音に、わたしが目をさまして窓を開けると、すぐ目の前にカマをもったテケテケのすがたがあった。

窓から入ってこようとするテケテケに、パジャマのまま部屋をとびだしたわたしは、どこをどう走ったのか、いつのまにか学校ににげこんで、トイレの一番奥《おく》の個室《こしつ》にかくれていた。

そのまま息をひそめていると、テケテケの足音がどんどん近づいてくる。そして、自分のいる個室《こしつ》の前まできたところで、音がぴたっとやんだ。

しばらくしてから、おそるおそる顔をあげてみるけど、ドアの上に顔はない。わたしがホッとしてドアに手をのばしたとき、

「みーつけた」

頭の上から声がした。ふたたび顔をあげると、となりの個室とのしきりの上から、テケテケがにやにやと笑いながらのぞきこんでいた。

——自分の悲鳴で、わたしは目をさました。

ベッドの上におきあがって、肩《かた》で大きく息をする。汗《あせ》でびっしょりとぬれたからだに、窓《まど》からふきこんでくる夜風が冷《つめ》たい。手をのばして窓を閉《し》めようとしたわたしは、ドキッとしてその手をとめた。夜はひえこむので、ねる前に窓はまちがいなく閉めたはずだ。

（わたし、いつ窓を開けたんだろ……）

急いで窓《まど》を閉《し》めてかぎをかけ、ベッドに横になってからも、わたしはなかなかねつけなかった。

おかげで次の日は、朝から寝不足気味《ねぶそくぎみ》で、お昼前にとうとう貧血《ひんけつ》でたおれてしまった。

きょうは学校についたら、珠美《たまみ》にきのうのニュースのことをきこうと思ってたのに、珠美は朝から休んでいた。

帰ったら電話しよう、と思いながら、わたしは保健室《ほけんしつ》のベッドの上で目を閉《と》じた。

どれくらいねむっていたのだろうか。ふと目をさますと、となりのベッドのさらにむこう側《がわ》のパイプいすに、珠美が座《すわ》っているのが見えた。

「珠美」

わたしが呼《よ》びかけると、珠美は眉《まゆ》を八の字にして、力なくほほえんだ。

「ごめんね。わたしがあんな話したから、ゆうべはねられなかったんでしょ？」

「そんなことないって。だいじょうぶだよ」

わたしは横になったまま、小さく首をふった。

「それより、ゆうべの事件《じけん》のことなんだけど……」

わたしがいいかけると、珠美《たまみ》は青い顔でうなずいて、

「うん……あの人が、わたしの家庭教師《かていきょうし》の先生」

消え入るような声でそういった。そして、「わたしにテケテケの話をおしえてくれたのも、あの先生だったの」とつけ加えた。

「そっか……」

ニュースでは通《とお》り魔《ま》による犯行《はんこう》の可能性《かのうせい》が高いっていってたけど、もしかしたらテケテケにおそわれたんじゃ……そんな思いを、わたしがなかなか口にだせないでいると、

「やっぱり、テケテケの噂《うわさ》は本当だったみたい」

珠美が暗い声でつぶやいた。

「え？」

わたしがききかえすと、

「わたし、テケテケになっちゃった」

珠美《たまみ》は真顔でそんなことをいいだした。

「なにいってるのよ」

笑いとばそうとして、ベッドの上にからだをおこしたわたしは、おどろきと恐怖《きょうふ》で息がとまりそうになった。

上半身しか見えていなかったので、てっきりベッドのむこう側《がわ》に座《すわ》っているものだとばかり思っていたんだけど、じつは珠美の上半身だけがとなりのベッドの上にのっていたのだ。

しかも、珠美の手元ではするどいカマが光っていた。

わたしが目を見開いたままこおりついていると、

「だいじょうぶ。おわかれをいいにきただけだから」

珠美はさびしそうに笑って、窓《まど》からとびだしていった。

了

コンコン、という音に、わたしが顔をあげると、知らない女の子が窓《まど》ガラスから上半身をのぞかせていた。

わたしが手をのばして窓を開けると、

「ねえ、……知らない？」

女の子はにこりとほほえみながら、かすれたような声でつぶやいた。

「え？」

知らない？　の前の部分がききとれなくて、わたしがききかえすと、女の子は同じせりふをくり返した。

「ねえ、わたしの…………知らない？」

だけど、声が小さくてくぐもっているせいか、やっぱり同じ部分だけが耳に入ってこない。

わたしはベッドからおりると、窓に近づいた。

「ごめん。ちょっとよくきこえないんだけど……」

「だからね……」

女の子は突然《とつぜん》にやーっと笑って、はっきりとした声でこういった。

『わたしの下半身、知らない?』っていってるの」

いい終わると同時に、上半身だけの女の子が窓《まど》からフワリと入ってきて、手にしていたカマを大きくふりかぶった。

わたしは突然のことに、悲鳴をあげることもできず——


そこでハッと目がさめた。

ベッドの上におきあがって、肩《かた》で大きく息をする。汗《あせ》でびっしょりとぬれたからだに、窓からふきこんでくる北風がつめたかった。

(夢《ゆめ》……だったの?)

胸《むね》をおさえてホッと息をはきだしたわたしは、あることに気がついて、全身の毛がさかだつのを感じた。

吉岡《よしおか》先生が保健室《ほけんしつ》をでていったときには、窓はたしかに閉《し》まっていたはずだ。それなのに、いまは窓《まど》が開いている。

さっきのは、本当に夢《ゆめ》だったのだろうか？　それとも——

わたしは『黄色い本』に視線《しせん》を落とした。

この本を読みだしてから、おかしなことがいろいろとおきている気がする。もちろん、ここで読むのをやめることもできるけど、わたしにはそのつもりはなかった。お姉ちゃんと話をして、怪談《かいだん》とむきあうことにきめたんだし、なにかがおきるなら、それを見とどけたいという気持ちもある。

それに、ここまできたら読まずにいることの方が怖《こわ》かった。

わたしは窓を少しだけ開けたままにすると、深呼吸《しんこきゅう》をしてから、次のページを開いた。

# 第十三話　もーいーかい

わたしが知ってる学校の怖《こわ》い噂《うわさ》は、

「北校舎《きたこうしゃ》でかくれんぼをしてはいけない」

というものです。

もしかくれんぼをして、オニが「もーいーかい」といってしまうと、だれもなにもいってなくても、どこからか、

「もーいーよ」

という声がきこえてくるからです。

これはかなちゃんの呪《のろ》いと呼《よ》ばれていて、昔、北校舎でかくれんぼをしたまま行方不明《ゆくえふめい》になってしまった、かなちゃんという女の子が返事をしているのだといわれています。

この話を信じていなかったM代《エムよ》が、ある日の放課後、かくれんぼもしていないのに、北校舎いっぱいにひびきわたるような大声で「もーいーかい」といいました。

M代はそのまましばらく耳をすませていましたが、下校時刻《じこく》をすぎた校舎からは、なんの物音もかえってきませんでした。

（ほーら、やっぱり噂《うわさ》だったんだ）

M代が鼻で笑って帰ろうとしたとき、

「もーいーよ」

という声が、すぐうしろからきこえてきました。M代がふりかえると、一年生くらいの小さな女の子が立っていて、

「あーあ、見つかっちゃった」

にっこり笑ってそういうと、M代の手をしっかりとつかんで、こういいました。

「今度は、わたしがオニになるから、M代ちゃんがかくれてね」

それ以来《いらい》、M代のすがたを見た人はいないそうです。

了

「もーいーかい」

わたしが『もーいーかい』を読み終わるのと同時に、どこからか女の子の声がきこえてきたような気がして、わたしはビクッと顔をあげた。

時計を見ると、いつのまにか三時間目と四時間目の間の休み時間になっている。きっと、だれかが校舎《こうしゃ》のどこかでかくれんぼをしているのだろう。

それにしても——かくれんぼってふしぎな遊びだな、とわたしは思った。

ふつう、ゲームに勝った人っていうのは、一番目立つはずなのに、かくれんぼの場合は最後まで見つからなかった人が勝者なのだ。

わたしはかくれんぼが苦手だった。

はじめのうちは、「見つからないように」と思ってかくれてるんだけど、だんだん「見つけてほしい」という気持ちがでてきて、結局自分から物音をたてたり、様子を見にいったりして、見つかってしまうのだ。

かくれんぼが得意《とくい》な人って、いつもどういう気持ちでかくれてるんだろう——そんなことを考えながら、わたしは次のページをめくった。

# 第十四話　なわとび

校庭のすみに、雨でもないのにいつもまるい形に黒くしめっている場所があります。

そこは昔、井戸《いど》だったそうです。

ところが、ある年、一年生の男の子があやまって井戸に落ちて亡《な》くなってしまうという事故《じこ》がおきたため、井戸にふたをすることになりました。

用意されたのは、石でできたまるくて大きなふたで、大人《おとな》でも三人はいないとうごかすことができないほどの重いものでした。

それからしばらくすると、たそがれどきの学校で、人が消えるという噂《うわさ》が流れるようになりました。しかも、それが井戸のあった場所あたりらしいのです。

ある日のこと。

ひとりの先生が噂をたしかめようと、ちょうど陽が落ちるころをみはからって、井戸が

あった場所に足をむけました。すると、

「六、六、六、六……」

見なれない男の子が、ふたの上でなわとびをしていました。

ふたの上といっても、ふたは車がふんでもだいじょうぶなくらいがんじょうなものなので、われる危険《きけん》はありません。

ただ、男の子はきみょうなことに、とんだ回数を数えているわけではなく、何回とんでも同じ数ばかりくりかえしているのです。

「なにをしているんだい？」

先生が声をかけると、男の子はとぶのをやめて、先生の顔を上目づかいに見あげながら、なわをさしだしました。

（いっしょに遊ぼうっていうことなのかな……）

下校時刻《じこく》をすぎているので、本当は家に帰さないといけないのですが、少しぐらいならいいだろうと思い、先生はなわをうけとると、ふたの上でなわとびをはじめました。それを見た男の子は、スッとしゃがみこむと、うごかないはずのふたをかるがるとひっぱりました。

「うわーっ!」

先生は悲鳴だけをのこして、あっというまに井戸《いど》の中へと消えてしまいました。

男の子はふたをもと通りにもどすと、

「七人目、七、七、七……」

楽しそうにつぶやきながら、ふたたびなわとびをはじめました。

その後、井戸は完全にうめたてられ、人が消えることはなくなりましたが、井戸のあった場所はいまだに、どれだけ陽があたっていても黒くしめったままなのだそうです。

了

# 第十五話　赤い手形

四年四組の教室には、四月四日の四時四十四分に天井《てんじょう》を見あげてはいけない、という噂《うわさ》があります。見あげると、なにかがおこるというのです。

今年、四年四組になったわたしは、なにがおこるのかたしかめようと、春休み中の学校にこっそりしのびこみました。

わたしの目の前で、黒板の上の時計の針《はり》が、だんだんと四時四十四分に近づいていきます。

そして、長針《ちょうしん》がカチッと音をたてて、四十四分をさした瞬間《しゅんかん》、

ぺたっ

はりつくような音がして、天井《てんじょう》にとつぜん赤い手形が現《あらわ》れました。わたしが声もだせずに見あげていると、

ぺたっ、ぺたっ、ぺたっ、ぺたっ

教室のドアにむかって、左右の手がこうごにふえていきます。

わたしが天井を見あげながら、手形の後をついていくと、赤い手形は教室をでて、そのままろう下の天井《てんじょう》をすすんでいきました。おかしなたとえですが、まるで透明人間《とうめいにんげん》が天井にさかだちをして歩いているみたいです。

はじめのうちは数秒間《びょうかん》にひとつくらいのペースでふえていた手形でしたが、だんだんペースがはやくなってきて、わたしの足も手形に追いつこうと、自然にはやくなっていきます。

そして、ほとんどかけ足でろう下の角をまがった瞬間《しゅんかん》、

「きゃあっ!」

急に床《ゆか》がなくなって、わたしの足は空《くう》を切りました。天井ばかり見ていたので、階段《かいだん》が

あることに気がつかなかったのです。
二、三段《だん》すべり落ちたところで、なんとかふみとどまったわたしは、階段《かいだん》を見おろして、あらためてゾッとしました。
さっきのいきおいのままで下までころげおちていたら、ぶじではすまなかったでしょう。

はげしく波うつ胸《むね》をおさえながら、わたしが大きく息をはきだしていると、

「あと少しだったのに……」

頭の上から、とてもくやしそうな声がきこえてきました。

ハッと顔をあげると、天井《てんじょう》の手形がまるで波がひくように消えていくところでした。

了

読み終わって、なにげなく天井を見あげたわたしは、ドキッとして目を見開いた。

ベッドのちょうど真上に、赤い手形のようなものがついていたのだ。

(あんなの、あったっけ……)

さっきまで横になって天井《てんじょう》を見ていたはずなのに、まったくおぼえがない。

それはまるで、すごく背《せ》の高い人が思いきりジャンプしてつけたあとみたいだった。

そのまましばらく見つめていたけど、べつにふえたりうごいたりする様子はなかったので、わたしは本に目をもどした。

# 第十六話　ネコ会議《かいぎ》

「気をつけて帰りなさい」

先生に見おくられて校舎《こうしゃ》をあとにしたぼくは、冷たい北風に首をすくめた。

（まっ暗になっちゃったな……）

ただでさえ、陽が落ちるのが早い季節。

学校新聞の印刷係《いんさつがかり》をしているぼくは、印刷機の調子が悪かったせいで、帰るのが下校時《じ》刻《こく》を大幅《おおはば》にすぎてしまったのだ。

マフラーに顔をうずめながら校庭を横切ろうとしたぼくは、ブランコのまわりに小さなかげが集まっているのを見つけて、ふと足をとめた。

（あれ？ ナイトじゃん。お、あっちは茶太郎《ちゃたろう》かな？）

夜みたいに黒いから、ぼくが勝手にナイトと呼《よ》んでいるそのネコは、近所に住んでるノラネコだ。茶太郎というのは近所のおばあさんが飼《か》っているネコで、茶色だから茶太郎になったらしい。

よく見ると、ほかにも近所の飼《か》いネコやノラネコが十匹以上《ぴきいじょう》集まっている。

ぼくは校舎《こうしゃ》のうらからまわりこんで、ブランコにこっそりと近づいた。

ネコたちはきれいに円陣《えんじん》をくんでいて、まるで会議《かいぎ》を開いているみたいだ。

その輪の中に、ひときわ目立つネコがいた。

あざやかな灰色《はいいろ》の毛並みに黄色の瞳《ひとみ》。どことなくオーラが感じられて、まるでネコのぬしみたいだ。ぼくは心の中で、そのネコをグレイと名づけた。

ネコがこれだけ集まれば、フギャーフギャーとやかましくなりそうなものだけど、みんな小声でおぎょうぎよくしゃべっていて、なんだか本物の会議みたいだ。なにを話してるんだろうと耳をすませたぼくは、おどろきのあまり、もう少しでさけび声をあげるところだった。

ネコたちは、本当に人間の言葉でしゃべっていたのだ。

〈おばあさんは、ぼくのことをかわいがってくれるよ〉

茶太郎《ちゃたろう》がそういって胸《むね》をはる。

〈いいなあ。うちは最近、ごはんが手ぬきで……〉

とぼやいているのは、近所の三毛《みけ》ネコだ。あそこはたしか、長男がもうすぐ大学受験なので、ネコのごはんどころではないのだろう。

〈――はいいやつだ〉

ナイトの口から突然《とつぜん》ぼくの名前がとびだしたので、ぼくはまたびっくりした。

〈食べ物をくれるし、遊んでくれる。なにより、おれたちをあまり見くだしたりしない〉

ほかのネコたちが口々に〈それはいい〉とか〈見くだすやつが多くてこまる〉などと答える。

どうやら、順番に近況報告《きんきょうほうこく》をしているようだ。

ひととおり報告が終わると、グレイが宣言《せんげん》するようにいった。

〈それでは、最初の議題《ぎだい》に入る。まず、神社に捨《す》てられていた子ネコたちについてだが……〉

グレイが語りはじめたのは、それまでじゅうぶんにおどろいていたぼくを、さらにおどろかせるものだった。

先週、学校の近くの交差点で車が電柱《でんちゅう》に激突《げきとつ》して、運転手が大けがをするという事故《じこ》があった。グレイの話によると、どうやらその事故は、飼《か》いネコが産《う》んだ子ネコを神社の境《けい》内《だい》に捨《す》てた飼い主に罰《ばつ》を与《あた》えるため、ネコたちが車のブレーキに細工をしておこしたものだったらしい。

そのあとも裁判《さいばん》はつづいた。裁判にかけられているのは、ネコに対してひどいしうちをした人間たちだ。

そして、何人目かに同じクラスの友だちの名前がでてきて、ぼくは耳をうたがった。

〈――は、△※○（ネコの名前はききとれなかった）を自転車ではねて、そのままにげた。そのせいで、△※○は右前足が悪くなってしまった。評決《ひょうけつ》を〉

〈――に同じ罰を〉〈同じ罰を〉〈同じ罰を〉

ネコたちが口々にいいながら前足をあげる。

（あいつに早く知らせないと……）

急いでその場をはなれようとしたぼくは、あわてるあまり、落ちていた枝《えだ》をうっかりふみおってしまった。

パキッとかわいた音がして、背《せ》すじがこおりつく。おそるおそるふりかえると、するどく光ったネコたちの瞳《ひとみ》が、こちらをじっとにらんでいた。

「フギャーッ！」

口元からするどいキバをのぞかせながら、いっせいに声をあげるネコたちに背をむけると、ぼくは裏門《うらもん》をめざして必死《ひっし》でかけだした。

家に帰ると、早速名前のでていた友だちに電話をかけた。だけど、きょうは塾《じゅく》にいっていて、帰りはかなりおそくなるらしい。

しかたがないので、あしたの朝、学校で話すことにして、ぼくは電話を切った。

ニャー、ニャー、ニャー……

その日の夜おそく。ネコのなき声がきこえたような気がして目をさましたぼくは、からだをおこそうとして、（あれ？）と思った。おきあがるどころか、まるでかなしばりにあったみたいに、腕《うで》をあげることもできないのだ。

なんとか首をもちあげてまわりを見まわしたぼくは、背《せ》すじをツーッと冷《つめ》たいものが流れていくのを感じた。

数えきれないくらいのネコたちの目が、ギラギラと光りながらぼくをかこんでいたのだ。

ぼくが声もだせずに息をのんでいると、一ぴきのネコが、ひょいとぼくのおなかの上にとびのった。グレイだった。

〈おまえは、人間でありながらネコ会議《かいぎ》を見てしまった〉

グレイはぼくをじっと見つめながら、冷《つめ》たい声でいった。

〈ほんらいなら、生かしておくわけにはいかないが、※×◇がおまえを助けてくれというので、特別に助けてやろう。ただし、もしわたしたちのじゃまをするなら……〉

グレイはぼくの首すじにすばやくかみついた。するどい痛《いた》みに、ぼくはうめき声をあげる。

〈忘《わす》れるな〉

その声を最後に、ぼくの意識《いしき》は暗闇《くらやみ》に落ちていった。

次の日。ぼくは仮病《けびょう》を使って朝から学校を休んだ。

クラスメイトから、例の友だちが自転車の事故《じこ》で足を骨折《こっせつ》したという連絡《れんらく》があったのは、その日の夜のことだった。

電話を切ったぼくは、自分の部屋にもどって鏡《かがみ》を見た。首すじに、血のにじんだような赤いふたつの点が見える。

「にゃー」

かすかにきこえたネコのなき声に窓《まど》を開けると、ナイトが家の前でぼくの部屋を見あげながら、前足で顔をなでて目を光らせていた。

了

怪談《かいだん》を立てつづけに読んで、さすがにつかれてきたわたしは、大きくのびをすると、本を閉《と》じてベッドに横になった。そのまま目を閉じようとして、思わず「え？」と声をあげる。

さっきはひとつしかなかったはずの手のあとが、いつのまにか、保健室《ほけんしつ》のドアにむかって一直線に並《なら》んでいたのだ。

ふたたびからだをおこしたわたしの目の前で、手のあとは壁《かべ》にスタンプでも押《お》すみたいに、さらにぺたぺたぺたとふえていった。

その様子を見ているうちに、わたしはさっきの話を思いだした。あの話では、天井《てんじょう》の手形に気をとられているうちに、階段《かいだん》から落ちそうになっていた。ということは……。

わたしは、ドアとは反対側にある窓《まど》の方を、素早くふりむいた。細く開いた窓のすきまに、まっ黒なネコがちょこんと座《すわ》って、前足で顔をなでている。

わたしと目があうと、黒ネコはまるで人間みたいな表情《ひょうじょう》でニヤリと笑ってこういった。

「よく気づいたな」

人間の言葉をしゃべるネコに、わたしが反対に言葉を失《うしな》っていると、

「おそくなってごめんなさいね」

いきおいよくドアが開いて、白衣を着た佐藤《さとう》先生がドタバタと保健室《ほけんしつ》に入ってきた。そちらに一瞬《いっしゅん》目をうばわれたわたしが、ふたたび窓の方に目をやると、すでに黒ネコのすがたはなく、天井の手のあともあとかたもなく消えていた。夢《ゆめ》でも見たんだろうか、と思っていると、

「あらあら、だいじょうぶ？　顔がまっ青よ」

先生はわたしの顔をのぞきこみながら、心配そうにいった。わたしは、しゃべる黒ネコ

や天井《てんじょう》の手のあとのことを、先生に話そうかどうしようかと一瞬《いっしゅん》まよったけど、結局なにもいわないことにして、「だいじょうぶです」とほほえんだ。

昼休み。給食を食べ終わったわたしが、教室の窓《まど》から外をながめていると、低学年くらいの男の子が、校庭のすみっこで、ひとりでなわとびをしているのが目に入った。

男の子の足下は、まるでそこだけ雨がふったみたいに、丸い形に黒くなっている。

あれが話にあった井戸《いど》のあとかな、と思っていると、男の子がわたしの方を見あげて、おいでおいでと手まねきをした。

(いっしょに遊んでほしいのかな……?)

わたしが教室をでて、校庭におりていくと、

「七、七、七、七……」

男の子は同じ数字をくりかえしながら、なわをとびつづけていた。

「こんにちは」

わたしが声をかけると、男の子はなわとびを中断《ちゅうだん》して、無言でなわをさしだした。

わたしはなわをうけとって、黒い円の上に立つと、ふつうに数えながらとびはじめた。

「一、二、三、四……」

なわとびなんてひさしぶりだな、と思いながらとんでいると、男の子がしゃがみこんで、わたしの足下に手をのばすのが見えた。なにかをつかんでひっぱろうとしているみたいなんだけど、その手は空《くう》を切るばかりで、なにもつかめずに首をひねっている。

わたしはいったんなわとびをとめて、男の子を手まねきすると、大きくなわをまわして、ふたりでいっしょにとびはじめた。

「一、二、三、四……」

はじめはとまどったような顔をしていた男の子も、一回とぶごとに表情《ひょうじょう》がやわらいでいって、やがてむじゃきな笑顔でなわとびを楽しむようになった。

たぶん、百回近くはとんだと思う。昼休みの終わりが近づいてきたので、

「また遊ぼうね」

わたしはそういってなわをかえすと、校舎《こうしゃ》に足をむけた。途中《とちゅう》でふりかえると、男の子

はあの丸い円の上で笑顔をうかべながら、大きく手をふってわたしを見おくっていた。

教室にもどると、佳代《かよ》ちゃんが「元気になったみたいだね」と声をかけてきた。

「うん、そうみたい。わかる？」

顔色がよくなったのかな、と思ってききかえすと、佳代ちゃんは笑顔でうなずいて、

「うん。だって、さっき校庭で、ひとりで楽しそうになわとびしてたから」


放課後になると、わたしと岡田《おかだ》くんと亜衣《あい》ちゃんの三人は、さっそく調査《ちょうさ》を開始した。

まずはじめにわたしたちがむかったのは、図書室だった。

「あら、きょうは少年少女探偵団《たんていだん》なのね」

おどけたように目をまるくする山岸《やまぎし》さんに、わたしは『黄色い本』にのっている怪談《かいだん》の調査をしていることと、『図書室の少年』のあらすじをかんたんに話した。すると、

「その男の子なら、それからもしばらく図書室にでたみたいよ」

山岸さんはそんなことをいいだした。

「成仏《じょうぶつ》したんじゃなかったんですか？」

おどろいた様子できかえす岡田《おかだ》くんに、

「それがね……」

山岸《やまぎし》さんは前任《ぜんにん》の司書さんからきいたという話をおしえてくれた。それによると、相手の子が自分の罪《つみ》を告白して転校していってからも、四時四十四分になるとあいかわらず幽《ゆう》霊《れい》が現《あらわ》れるので、不思議に思って調べたところ、男の子が亡《な》くなる直前に、あるSF《エスエフ》作家の新刊《しんかん》の予約《よやく》を図書室に入れていたことがわかったのだそうだ。

そこで、その本を購入《こうにゅう》して四番目のたなに入れておいたところ、奥《おく》の机《つくえ》に座《すわ》って、その本をうれしそうに読んでいる男の子の幽霊が目撃《もくげき》されるようになった。

「それからは、その作家さんの新刊がでるたびに図書室で購入して、四番目の本だなに入れておいたんだけど、あるときから、男の子の幽霊が急にでなくなっちゃったの。どうしてだと思う？」

山岸さんはカウンターの上に身をのりだすと、わたしたちの返事を待たずにつづけた。

「その作家さんが急に亡《な》くなったの。まだわかくて、持病《じびょう》もなかったのに、朝、奥《おく》さんがおこしにいったら、心臓《しんぞう》がとまってたんですって……」

「それって、もしかして……」

男の子がつれていったんじゃ……というせりふを、わたしは飲みこんだんだけど、

「かもしれないわね」

山岸《やまぎし》さんはせりふのつづきを読んで、わたしに笑いかけた。

それにしても――わたしは思った。死んだ読者があの世につれていきたくなるくらい好かれているというのは、作家さんにとって幸せなのだろうか。それとも……。

「それじゃあ、図書室の怪談《かいだん》は、いまはもうないっていうことですね」

亜衣《あい》ちゃんが怖《こわ》がる様子もみせずにメモをとりながら、結論《けつろん》づけるようにいう。怪談に強いだけあって、こういうときはたのもしい。

「さあ、次はどこにいく？」

亜衣ちゃんの言葉に、

「家庭科室から塩をもらってきて、これをたしかめてみるっていうのはどう？」

岡田《おかだ》くんがそういって、例の写真をとりだした。

「なあに、それ？」

興味《きょうみ》をしめした山岸《やまぎし》さんに、岡田くんが写真を見せて説明すると、

「だったら、わたしが調べておいてあげましょうか？」

山岸さんはそんなことをいいだした。

「いいんですか？」

わたしたちは目をまるくした。山岸さんはほほえんで、

「ええ。それに、わたしの方がお塩ももらいやすいでしょう？」

といった。たしかに、それもそうだ。わたしたちは山岸さんにおねがいすることにして、写真をあずけると、図書室をでようとした。すると、

「あ、岸里《きしざと》さん」

山岸さんがわたしを呼《よ》びとめた。そして、カウンターのところまでもどったわたしに、

「二十年前のコンテストのことなんだけどね……」と、低い声で切りだした。

「じつは、中止になったみたいなの」

「中止ですか？」

わたしは眉《まゆ》をひそめた。山岸《やまぎし》さんはうなずいて、

「くわしいことはわからないけど、なにか事故《じこ》があったみたい。だから、あの本にのってる怪談《かいだん》を今回のコンテストに応募《おうぼ》しても、問題《もんだい》ないとは思うけど……」

山岸さんは、真剣《しんけん》なまなざしでわたしを見つめながらいった。

「気をつけてね。あんまり長い時間、怪談と接《せっ》していると、怪談にとりこまれちゃうことがあるから」


図書室をでたわたしたちは、おなじ北校舎《きたこうしゃ》の一階にある理科室へとむかった。

「でも、ガイコツが笑うのは夜中の十二時なんだろ？」

階段《かいだん》をおりながら、岡田《おかだ》くんがいう。

「だいたい、この学校がお墓《はか》のあとに建てられたっていうのは本当なのかよ」

「それは本当みたいよ。おじいちゃんにきいたことあるもん」

亜衣《あい》ちゃんがすぐにこたえた。亜衣ちゃんのおじいさんは、郷土史家《きょうどしか》という地元の歴史《れきし》

を研究している人で、この地方の歴史《れきし》にくわしいのだ。

亜衣《あい》ちゃんがおじいさんからきいた話によると、学校を建てるには広い場所が必要になるんだけど、町中になかなかそういう場所はない。かといって、学校があんまり人里からはなれていたら不便《ふべん》なので、結局、みんながさけてきたような場所——お墓《はか》のあととか、合戦場《かっせんば》のあとなんかに建てられることが多いのだそうだ。

そんな話をしながら理科室に到着《とうちゃく》すると、うまい具合にかぎは開いていた。

だれもいない理科室はうす暗く、シンと静まりかえっていて、なんだかほかの部屋よりもはだ寒く感じられる。

わたしが電気のスイッチを入れると——

「あれ？」

わたしたちは声をあげた。部屋の中に、ガイコツのすがたがなかったのだ。

おかしいな、と思いながら、部屋の中を見まわしていると、

「もしかしたら……」亜衣ちゃんが手をたたいた。

「使わないときは、準備室《じゅんびしつ》にしまってあるのかも」

準備室《じゅんびしつ》というのは、理科で使う薬品や備品《びひん》を置いている部屋のことで、理科室のとなり——黒板のむこう側《がわ》にある。黒板の横にある連絡《れんらく》とびらでつながっていて、部屋の中同士で行き来することができるようになっていた。

岡田《おかだ》くんがその連絡とびらに手をのばすと、ここにもかぎはかかっていなかった。

わたしたちは三人でよりそうようにして、準備室に足をふみ入れた。

ふつう教室よりもひとまわり小さな準備室の壁《かべ》は、背《せ》の高いたなにうめつくされていて、たなの中には実験器具や生き物の標本《ひょうほん》がところせましと並《なら》んでいる。

そんな中、ガイコツは部屋の一番奥《おく》で静かにたたずんでいた。ガイコツだからあたりまえなんだけど、その無表情《むひょうじょう》さがなんだか怖《こわ》い。

「やっぱり、ここだったんだ……」

岡田くんがそうつぶやいたとき、

ガタッ、ガタガタガタッ

ガチッ、ガチガチガチッ

部屋の奥から、なにかがゆれるような音と、ガイコツの笑い声が同時にきこえてきて、わたしたちはとびあがった。

「笑いだすのは、十二時になってからじゃないのかよ」

岡田《おかだ》くんがふるえる声で文句をいいながらも、じりじりと部屋の奥《おく》へとむかう。わたしたちがおそるおそるあとにつづくと、ガイコツの土台の下に、床下収納《ゆかしたしゅうのう》のふたについているようなとっ手があるのが目に入った。

どうやら、このふたの部分がガタガタとゆれて、ガイコツの歯が音をたてたみたいだ。

わたしたちはガイコツの土台をうごかすと、せーのでとっ手をひっぱった。床の一部がパカッと開いて、ほら穴《あな》のようなせまくて暗い空間が現《あらわ》れる。

わたしたちが顔を見あわせていると、次の瞬間《しゅんかん》、中から白いシャツに赤いスカートすがたの小さな女の子が、

「きゃーっ」

とはしゃぐような声をあげながら、笑顔でとびだして、そのまま連絡《れんらく》とびらを通って理科室のほうへと走り去っていった。

わたしたちが突然《とつぜん》のことに、悲鳴をあげることもできず、女の子のうしろすがたを見

送っていると、しばらくしてどこか遠くのほうから「かなちゃん、見ーつけた」という声と、子どもたちの笑い声がきこえてきた。

「……かくれんぼ、してたのかな」

床《ゆか》にぺたんと座《すわ》りこみながら、亜衣《あい》ちゃんがつぶやく。岡田《おかだ》くんもまっ青な顔でぼうぜんと立ちすくんでいた。

たしかに、だれかに手伝ってもらえば、床下にかくれたあとから、ふたの上にガイコツをのせてもらうことは可能《かのう》だ。

だけど、わたしは女の子とすれちがったときに、ありえないものを見てしまった。

女の子は胸《むね》に、〈一年四組〉と書かれた名札《なふだ》をつけていたのだ。

ちなみにうちの学校では十年以上前から、一年四組というのは存在《そんざい》しない。

「……とりあえず、でようか」

岡田くんの言葉に、わたしと亜衣ちゃんはうなずいた。

「次はどうする？」

ろう下にでると、ようやく落ち着いた様子の亜衣ちゃんが、気をとり直すようにいった。

「とりあえず、図工室かな。『図工室のモナリザ』っていう話があってね……」

ろう下を並《なら》んで歩きながら、わたしがふたりに怪談《かいだん》のあらすじを話そうとしたとき、うしろでパチン、とかわいた音がした。

ドキッとしてふりかえったけど、わたしたちのうしろには、まっ暗なろう下があるだけで、あやしいものはなにもなかった。

「あーびっくりした」岡田《おかだ》くんがおおげさに天井《てんじょう》を見あげる。

「またなにかでてきたのかと思ったよ」

「だいじょうぶみたいね。ちゃんと電気も消えてるし」

亜衣《あい》ちゃんのなにげないその言葉に、なんの気なしにうなずきかけたわたしは、スッと背《せ》すじが冷《つめ》たくなるのを感じて動きをとめた。

「──ねえ。だれが電気を消したの？」

「え？」

岡田くんと亜衣ちゃんは、一瞬《いっしゅん》考えてから、同時に首をふった。

わたしも部屋をでるとき、電気を消した覚《おぼ》えはない。それなのに、どうして理科室の電気が消えているのだろうか――。

わたしは半分は好奇心《こうきしん》、もう半分は責任感《せきにんかん》からろう下をもどると、

「だれかいるの？」

おそるおそる声をかけながら、理科室の中をのぞきこんだ。

もちろん返事はなかったけど、わたしがドアを開けたのと同時に、うす暗い部屋の奥《おく》の方で、まるでガイコツの骨《ほね》のようなほそくて白い手が、連絡《れんらく》とびらのむこうにすっとすがたを消したような気がした。

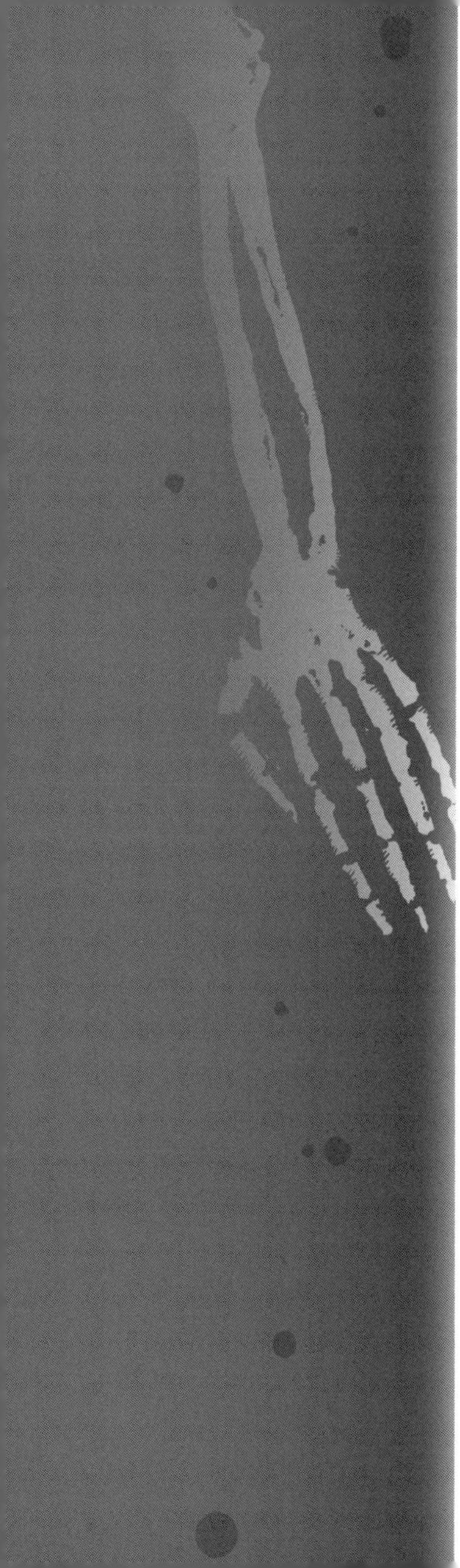

「うちの学校の図工室に、モナリザの絵なんかあったっけ？」

図工室にむかいながら、首をかしげる岡田《おかだ》くんに、

「昔はあったけど、なにか事件《じけん》があって、はずされたんじゃなかったかな」

亜衣《あい》ちゃんがこたえた。亜衣ちゃんによると、いまは人食いモナリザよりも、絵をぬけだす少女の方が有名なのだそうだ。

「夕方になると、絵から女の子がぬけだして、壁《かべ》の絵が一枚《まい》、まっ白になるんだって。ただし、まだだれも見たことはないらしいんだけどね」

だれも見たことがないのに、どうして噂《うわさ》になるんだろう、なんて話をしているうちに、わたしたちは図工室についた。放課後は美術《びじゅつ》クラブが使ってることも多いんだけど、きょうはだれもいないみたいだ。

わたしたちは壁の絵を順番に見ていった。だけど、かざられているのは風景画や室内画ばかりで、モナリザのような人物画は一枚もなかった。

もちろん、まっ白な絵も見あたらない。

絵を見終えたわたしは、うしろのたなに並《なら》んだ、肩《かた》から上だけの粘土《ねんど》人形に目をやった。

先週の図工の授業《じゅぎょう》で、友だちの顔をおたがいに見ながらつくったんだけど、だれの顔かわからないものもけっこう多い。それでも女子は髪型《かみがた》でだいたい見わけがつくんだけど、男子がつくった人形は、へたをすると人間かどうかもあやしいくらいだった。

そんな人形たちの中から、わたしが自分のつくった人形をさがしていると、

「そんなところで、なにしてるの？」

突然《とつぜん》、女の人の声がした。ふりかえると、高校の制服を着た女の人がドアから顔をのぞかせていた。美術クラブには、たまに卒業生《そつぎょうせい》が指導《しどう》にきたりしているらしいから、この女の人もきっとそうだろうと思いながら、わたしは「新聞部の取材《しゅざい》で、モナリザの絵をさがしにきたんです」とこたえた。すると、

「あら、もしかして、人食いモナリザ？」

女の人はそういって笑った。わたしは目をまるくしてききかえした。

「はい。知ってるんですか？」

「もちろん。でも、あれは結局、絵の具を使っただれかのいたずらだったんじゃなかった

かしら」

「その、いたずらをした人は、いまはどうされてるんでしょう」

できれば直接話《ちょくせつ》をきいてみたいな、と思ったんだけど、

「亡《な》くなったらしいわよ」

女の人は眉《まゆ》をひそめてささやくようにいった。

「たしか、学校の近くで野犬かなにかにかみ殺されたんじゃなかったかしら……いたずらをした罰《ばつ》だって、みんな噂《うわさ》してたみたいだけど」

それは、本当に野犬だったのだろうか……モナリザが口から血を流しながら、にやりと笑う様子が頭にうかんで、わたしは背《せ》すじがゾッとした。

「そういえば……」

女の人はわたしのうしろの粘土《ねんど》人形に目をとめると、

「図工室の怪談《かいだん》だったら、こんな話もあるわよ」

そういって、語りはじめた。

# 第十七話　粘土人形《ねんどにんぎょう》

図工の授業《じゅぎょう》で、粘土《ねんど》を使って友だちの顔をつくるっていうのがあるでしょ？　だけど、できあがってみると、顔がひとつ多いことがあるらしいの。

それは、この学校にすむザシキワラシのいたずらで、自分もみんなといっしょに学校に通いたいと思ってるザシキワラシが、その顔の人と入れかわろうとしているんですって。

そんな話を信じていなかったある男の子が、あるとき、みんなをびっくりさせようと、自分の顔をわざとふたつつくったの。

ねらい通り、クラスのみんなはザシキワラシのしわざだってさわぎだして、男の子は満足したんだけど……。

その日の放課後。

図工室に忘《わす》れものをとりにきたその男の子が部屋をでようとすると、だれかに名前を呼《よ》ばれたような気がしたの。

足をとめてふりかえると、たなの上に置いてあった、粘土《ねんど》でつくった自分の顔が、どんどん大きくなっていくのが目に入った。

男の子がおどろいていると、粘土の顔からむくむくむくっとからだがはえ、手足がのびて、顔だけだった人形はあっというまに人間の形になった。

怖《こわ》くなった男の子が、あわててろう下ににげだすと、

「雨がふってるから、気をつけたほうがいいよ」

うしろから、どこかできいたことのあるような声が追いかけてきた。

それがだれの声か気づいて、男の子はまたゾーッとした。それはなんと、自分の声だったの。

足をとめておそるおそるふりかえると、暗いろう下のまん中に、粘土色をした自分が立っていた。

男の子は悲鳴をあげながら校舎《こうしゃ》をとびだした。外はたしかに雨がふってたけど、そんな

ことにはかまわずに、校門をめざしてひたすら走る。

だけど、足がズルズルとすべって、なんだか思うように走れない。

おかしいな、と思いながらも、男の子はとにかく必死《ひっし》で前に進もうとしたんだけど、校門は近くなるどころか、むしろ遠くなっていく気さえする。

その理由に気づいた男の子は、がくぜんとした。

校門が遠くなっているのではなくて、自分のからだが小さくなっていたの。

男の子は自分の手を、足を、からだを見た。

いつのまにか、自分の方が粘土《ねんど》人形になって、からだが雨でとけだしていた。

そして、ようやく校門の手前までたどりついたときには、男の子のからだはすっかりとけて、校庭の土とほとんど見わけがつかなくなっていた。

ただの土のかたまりになって地面に流れていく男の子の、かろうじてのこった耳に、自分の声でこんなせりふがきこえてきた。

「気がむいたら、粘土人形をふたつつくってあげるよ。いつになるかはわからないけどね」

了

女の人の話が終わると、わたしはフーッと息をはきだした。

入れかわられた男の子は、いったいどうなってしまったのだろう。ザシキワラシになったのだろうか。それとも、本当に土になって消えてしまったのか……。

入れかわられるのも、もちろん怖《こわ》いけど、となりにいる友だちが、じつはいつのまにかちがう人と入れかわっているかもしれないと想像《そうぞう》すると――それもけっこう怖かった。

「ずいぶん暗くなっちゃったわね」

女の人は窓《まど》の外に目をやってつぶやいた。時計を見ると、もうすぐ下校時刻《じこく》だ。

「お役にたてたかしら?」

「はい。ありがとうございました」

わたしたちは女の人にお礼をいうと、ドアにむかった。

「結局、絵の中の少女には会えなかったね」

ろうかに足をふみだしながら、亜衣《あい》ちゃんがつぶやくと、部屋の中から、かすかな笑い声がきこえてきたような気がした。

わたしたちがふりかえると、さっきまでいすと花びんしかなかったはずの一枚《まい》の室内画の中で、女の人がいすに座《すわ》ってやさしくほほえんでいた。


家庭教師《かていきょうし》がくるから先に帰るという亜衣ちゃんと別れると、わたしと岡田《おかだ》くんは写真をうけとりに、図書室へとむかった。

「お帰りなさい」

山岸《やまぎし》さんはわたしたちの顔を見ると、にっこり笑って貸《か》しだしカウンターの上を手で示《しめ》した。カウンターの上には写真を下じきにして、まっ白な塩の山ができている。

「どうやら、心霊写真《しんれいしゃしん》じゃなかったみたいね」

そういってほほえむ山岸《やまぎし》さんに、

「そんなはずないんだけどなあ……」

岡田《おかだ》くんが首をひねりながら、素早い動作で写真の上の白い山をひとつまみすると、その指を口に入れた。山岸さんが「あ」と小さく声をあげる。岡田くんは指をくわえたまま、なぜかおどろいたように目を見開いていたけど、やがてぽつりとつぶやいた。

「これ……砂糖《さとう》だ」

「え？」

わたしは白い山に手をのばして口にほうりこんだ。たしかにあまい。山岸さんを見ると、ばれたかという顔で、肩《かた》をすくめている。

「じつは……」

山岸さんはカウンターの下から塩の袋《ふくろ》をとりだすと、ガバッとつかんで、写真にのせた。

塩は、まるで泥水《どろみず》をかけたみたいに黒くずぶずぶととけて、あっというまになくなってしまった。

「うそ……」

わたしは口に手をあててつぶやいた。岡田《おかだ》くんも、あぜんとして目の前の光景を見つめている。そんなわたしたちを見て、

「残念《ざんねん》ながら、かなり強力な霊《れい》がついてきちゃったみたいね」

山岸《やまぎし》さんがため息まじりにいった。

「それじゃあ、やっぱりあの石垣《いしがき》の……」

「それが、そうじゃないの」

山岸さんは首をふって岡田くんのせりふをさえぎると、わたしたちを手まねきして、写真のある一点を指さした。

写真に顔を近づけて、それを見たわたしは、一瞬《いっしゅん》にしてからだ中の毛がさかだつのを感じた。

わたしのとなりに、白いワンピースを着たおかっぱ頭の女の子が、暗い目つきでじっとわたしたちをにらんで立っていたのだ。

女の子のからだがすけて、うしろの石垣が見えているので、彼女《かのじょ》がこの世のものではな

いことは明らかだった。

「これって、現像《げんぞう》ミスかなにかってことは……ないよな……」

岡田《おかだ》くんがぼんやりとつぶやく。

さっきまで、これが心霊写真《しんれいしゃしん》だと証明《しょうめい》しようとしていたはずなのに、いざ本物の心霊写真を前にすると、反対に否定《ひてい》しようとしてしまう。

本物の心霊写真には、それぐらいの迫力《はくりょく》があった。

「でも、さっきまではこんな子、うつってなかったのに……」

わたしがいうと、

「たぶん、塩の力でひきずりだされたんじゃないかな」と山岸《やまぎし》さんがこたえた。

山岸さんの話によると、強力な霊の中には、写真にうつりながらも、あえて自分の存在《そんざい》をかくすことができるものもいるらしい。それが、塩の浄化作用《じょうかさよう》で力が弱まって、見えるようになったのではないかということだった。

「おそらく、この公園で遊んでいて、事故《じこ》で死んだ女の子の霊でしょうね。みんながあんまりなかよくて楽しそうだったから、うらやましくなって、ついてきちゃったのよ」

まるで霊能者《れいのうしゃ》のようにスラスラと解説《かいせつ》する山岸《やまぎし》さんのせりふに、わたしたちは顔を見あわせた。

「とにかく、これをどうするかはわたしが考えるから、きょうはもう帰りましょう」

という山岸さんの言葉に、わたしたち三人は、そろって図書室をあとにした。

「さっきの写真って、公園のどのあたりで撮《と》ったかおぼえてる?」

「えっと……たしか北のはしの、あんまり人が通らないところで……」

山岸さんの質問に、岡田くんがこたえている。そんな会話を背中《せなか》でききながら、わたしが先に立って階段《かいだん》をおりようとしたとき、

「きゃあっ!」

うしろから、ドン、と強い力でつきとばされて、わたしのからだは一瞬宙《いっしゅんちゅう》にういた。そのまま、頭から転げ落ちそうになるところを、

「あぶない!」

山岸《やまぎし》さんに腕《うで》をつかまれて、肩《かた》がぬけそうになりながらも、なんとか階段《かいだん》の途中《とちゅう》でとまることができた。

「だいじょうぶ？」

山岸さんの言葉にうなずきながら、その腕にしがみつくようにして階段をおりたわたしは、おどり場に座《すわ》りこむと、何度も深呼吸《しんこきゅう》をした。まだ心臓《しんぞう》がバクバクいっている。

「いま、うしろからだれかが……」

わたしがなんとか声をしぼりだすと、岡田《おかだ》くんが「わかってる」とうなずいた。

「え？」

わたしがききかえすと、岡田くんはまっ青な顔をして、かすれた声でいった。

「いま、おれと山岸さんの間から、白い手が急に現《あらわ》れて、岸里《きしざと》の背中《せなか》をつきとばしたんだ」

わたしはサッと血《ち》の気《け》がひいた。さっきの女の子の暗い目つきが頭にうかぶ。

「どうして……」

わたしが泣きそうになっていると、

「岸里さんに原因《げんいん》があるんじゃないわ」

山岸《やまぎし》さんが力強い口調でいって、わたしの肩《かた》に手を置いた。

「たぶん、写真を撮《と》ったときに一番近くにいたから目をつけただけだと思う。ただ……」

「ただ……？」

「悪さをしておどかしたいだけなのか、さみしいからつれていこうとしているのかまではわからないけど……」

「そんな……」

わたしは顔が青ざめていくのを感じた。山岸さんはなにか考えている様子だったけど、やがて岡田《おかだ》くんに「写真を貸《か》して」というと、

「いまから公園にいって、この女の子と会ってくる。ちゃんと話をつけてくるから、安心して」

少し緊張《きんちょう》した笑みをうかべながら、胸《むね》をはってそういった。

「山岸さんって、いったい何者なんだろうな」

校門をでると、岡田《おかだ》くんが校舎《こうしゃ》の方をふりかえりながらつぶやいた。

「さあ……」

わたしは首をひねった。以前《いぜん》から、不思議な人だとは思っていたけど、いまはとにかく、山岸《やまぎし》さんだけがたよりだった。

考えてみれば、『黄色い本』を手にしてからというもの、山岸さんのほかにも、たくさんの不思議な人に出会っていた。

なわとびをする男の子に、かくれんぼをしていた女の子、電気を消してくれるガイコツに、絵からぬけだした女の人……。だから、もしかしたら公園の女の子とも、なかよくなれるかもしれない、と思ってたんだけど……。

「とりあえず、調査《ちょうさ》はいったん中止にしよう」

岡田くんの言葉に、ちょっと考えてからわたしがうなずいたとき、目の前を白いものが通りすぎていった。

「あ……」

空を見あげると、灰色《はいいろ》の雲からまっ白な雪がちらほらとまいおりてくる。

「もう十二月だもんな……」

岡田《おかだ》くんがつぶやいて、急に寒さを思いだしたように肩《かた》をすぼめた。その様子を見て笑いながら、わたしはきいてみた。

「岡田くんは、塾《じゅく》にはいかないの？」

きょうも、佳代《かよ》ちゃんは塾で亜衣《あい》ちゃんは家庭教師《かていきょうし》だ。噂《うわさ》では、六年生の三分の一は私立の中学校を受験するらしい。

「まさか」岡田くんは笑って顔の前で手をふった。

「学校が終わってまで勉強したくないよ」

「来年になったら、みんなべつべつの学校になったりするのかな……」

わたしがちょっとしんみりしてつぶやくと、

「さあな……でも、うかるとはかぎらないし、うかってもいくとはかぎらないだろ？」

「まあね……」

ふたりとも、親にすすめられて勉強しているだけで、私立の中学校にはあまり興味《きょうみ》がないといっていた。だけど、もし合格《ごうかく》したら、気持ちも変わるかもしれないし……。

「まあ、どっちにしても……」岡田《おかだ》くんは真剣《しんけん》な顔でつづけた。

「中学生になったら、こんなこともあんまりできなくなるだろうな……」

それをきいて、わたしはようやく、べつに怖《こわ》い話が好きなわけでもない岡田くんが、どうして怪談《かいだん》の調査《ちょうさ》にのり気だったのかがわかった気がした。

中学生になったら、勉強も大変になるだろうし、クラブもいそがしくなるだろう。そうなったら、「きょうの放課後、学校の怪談を調べにいこう」なんていっても、みんななかなか集まれないかもしれない――そう思ったからこそ、岡田くんは今回の調査に積極的《せっきょくてき》に協力してくれる気になったのだ。だけど――

「だいじょうぶ。中学校に入ったら、今度はみんなで中学校の七不思議を調査しようよ」

わたしが力をこめてそういうと、岡田くんはびっくりしたようにこっちをむいて、それから笑顔でうなずいた。

岡田くんと児童公園の前でわかれて、家に帰ったわたしは、ごはんを食べおわると自分の部屋にもどって、『黄色い本』を開いた。

調査《ちょうさ》は中止になったけど、どういう話がのっているのかは見ておきたかったし、それに、のこっている怪談《かいだん》は、あとひとつだけだったのだ。

# 第十八話　黄色い本

あなたは「黄色」ときいて、なにを連想《れんそう》しますか？

信号、ふみきり、イエローカード……どれも「注意」や「警告《けいこく》」をあらわします。黄色は「警戒色《けいかいしょく》」とも呼《よ》ばれ、注意をうながす役割《やくわり》があるのです。

わたしが知っている怪談。それは、

『黄色い本』と呼《よ》ばれる本が、この学校のどこかにある。

というものです。

これは、学校の怪談《かいだん》を集めた本らしいのですが、この本を読んだ人は、近いうちに危険《きけん》な目にあうといわれています。

もっとも、この本を読んだから危険な目にあうのか、それとも、もうすぐ危険な目にあう人の前にあらわれて、危険がせまっていることをおしえてくれるのか、それはわかりません。


どちらにしても、『黄色い本』をここまで読んでしまったあなた――そう、あなたです。気をつけた方がいいですよ。

「……え？　これだけ？」

わたしはあっけにとられて、もう一度読みかえした。

怪談《かいだん》というよりも、本当に警告《けいこく》みたいだ。しかも、なんの対策《たいさく》も解決《かいけつ》も書かれていない。

それに、なんだかまるで、わたしがこの本を読んでいることがわかってるみたいな書き方だった。

もしかしたら、この話だけは編集《へんしゅう》をした山岸《やまぎし》さんの創作《そうさく》なのかも……。

わたしが本を手にそんなことを考えていると、

「ゆかりー、電話よー」お母さんが階段《かいだん》の下から呼《よ》ぶ声がした。

「山岸さんっていう女の人から」

「はーい」

わたしは急いで一階におりると、電話にでた。

「どうしたんですか?」

わたしがきくと、

「さっきの写真のことで、大事な話があるの。だれにもいわずに、すぐに学校にきてくれない?」

ひどくあわてた声がして、電話は一方的《いっぽうてき》に切れた。時計を見ると、まだ近所なら外出してもだいじょうぶな時間だ。

わたしはお母さんに「佳代《かよ》ちゃんの宿題をまちがってもって帰っちゃったから、とどけにいってくる」というと、コートをはおって家をとびだした。

外は、雪こそやんでいたけど、空はあつい雲におおわれて、月も星も見えない暗い夜だった。

どこからか、消防車《しょうぼうしゃ》のサイレンの音が近づいてくる。またどこかで火事があったのかな、と思っていると、いまからむかおうとしている方角が、少し明るくなっているのが見えた。

どうやら、火事は学校の近くらしい。

まさか、学校が火事じゃないよね……心配になって、足をはやめようとしたわたしは、

「うっ」とうめいて顔をしかめた。

さっき、学校で階段《かいだん》をすべり落ちそうになったときにひねった右の足首が、ちょっと痛《いた》くなってきたのだ。

わたしが右足をかばいながら、学校の裏門《うらもん》の手前までたどりついて、最後のまがり角を

まがろうとしたとき、

「きゃっ」

学校の方から走ってきた男の人と、もう少しでぶつかりそうになった。

「すいません」

反射的《はんしゃてき》に頭をさげたわたしは、黒いコートすがたの相手の顔を見て、(あれ?)と思った。最近、どこかで見たことがあるような気がしたのだ。

相手の人も、わたしの顔をじっと見つめている。その顔を見ているうちに、わたしはハッと思いだした。

きのうの帰りに、交差点の近くでぶつかった人だったのだ。

そういえば、あのときもこの人は、火事の方向からにげるように走ってきていた。

そして、いまも……。

わたしが気づいたことに、相手も気づいたのだろう。

「ぼくの顔が、どうかした?」

男はさすような視線《しせん》をわたしにむけると、じりじりと近づいてきた。

「い、いえ、べつに……」

わたしは後ずさりながら、まわりを見わたした。だけど、学校の裏門《うらもん》に通じる道はふだんから人通りが少なく、いまも人かげはまったく見えなかった。

男も人通りがないことに気づいたのだろう。その目が突然《とつぜん》、ネコのようにスッと細くなったかと思うと、次の瞬間《しゅんかん》、一気に距離《きょり》をつめておそいかかってきた。

わたしはからだをまるめて相手のおなかに体《たい》あたりすると、そのままわきをすりぬけて、学校にむかってかけだした。学校にいけば、山岸《やまぎし》さんがいるはずだ。

わたしはまがり角をまがると、裏門に手をかけた。

(お願《ねが》い！　開いて！)

いのるような思いで門を押《お》すと、幸いかぎはかかっていなかった。

すべりこむようにして中に入ると、すばやく門を閉《し》める。そして、門に背中《せなか》をもたれかけさせると、そのままずるずるとしゃがみこんだ。本当はかぎをかけたかったけど、裏門は内側からでも、専用《せんよう》のかぎがないとかぎをかけられないのだ。

わたしは少し先に見える校舎《こうしゃ》を見あげた。

ここで大声をだせば、学校にのこってるだれかが気づいてくれるかもしれないけど、同時に近くにいるはずの男にも居場所《いばしょ》を知られてしまう。

このまま校舎《こうしゃ》にかけこむか、それともいったん男をやりすごしてから、学校の外ににげだすか……。

わたしが息をととのえながらいそがしく考えていると、男のものらしき足音が近づいてきた。

「学校か……」

低くつぶやく声が、風にのって門のむこうからきこえてくる。

わたしはあわてて立ちあがった。

いまから校舎ににげこむにも、裏門からは少し距離《きょり》があるので、中に入る前に見つかってしまうかもしれない。そうなったら、この足ではにげきれない。

わたしはとっさに、一番近くにある建物――体育館のかげにかくれることにした。

わたしが体育館のうらにとびこむのとほぼ同時に、裏門《うらもん》が開く音がした。

わたしはそのまま、体育館の壁《かべ》ぞいにゆっくりと移動《いどう》して、北風が金網《かなあみ》をゆらしている

プールのうしろにまわりこんだ。そして、寒さにふるえながら耳をすませていると、

「そんなところにいたのか」

男の声と、こちらに近づいてくる足音がきこえてきた。わたしはにげることもできずに、金網《かなあみ》のかげで小さくなっていた。だけど、しばらくたっても、金網がガシャガシャというばかりで、なにもおこらない。

不思議に思って、こっそりのぞきこんでみると、どういうわけか男は金網をよじのぼって、プールの中に入ろうとしていた。

なにをしているんだろうと、男のむかう先を見たわたしは、目をうたがった。

くすんだあずき色のワンピースを着た女の子が、プールの上に立っていたのだ。しかも、よく見ると女の子の足は、水面からわずかにういている。

男は金網をのりこえると、女の子にまっすぐむかっていった。わたしとは服装《ふくそう》がぜんぜんちがうんだけど、暗くて気づいてないみたいだ。

女の子はわたしの方を見てほほえむと、腕《うで》をあげて、校舎《こうしゃ》をまっすぐに指さした。

わたしは声をださずに、口の形だけで「ありがとう」というと、プールに背中《せなか》をむけて、

校舎《こうしゃ》をめざして走りだした。

走りながらうしろをふりかえると、こちらに気づいて方向転換《ほうこうてんかん》しようとした男のうしろから、女の子がだきつくようにおぶさって、そのままプールにひきずりこんでいくのが見えた。

バッシャーン、というはでな水音を背中《せなか》でききながら、わたしは足をはやめた。

校舎の窓《まど》はどれもまっ暗だったけど、山岸《やまぎし》さんがいるとすれば、北校舎のはずだ。

通用口から入ろうとして、わたしはサッと血の気がひいた。

通用口にはかぎがかかっていたのだ。

冷静に考えれば、このすきに裏門《うらもん》から学校をでるとか、いろいろ選択肢《せんたくし》はあったと思うんだけど、そのときのわたしはただパニックになってしまって、かぎのかかったドアのノブを何度もガチャガチャとまわしていた。

すると、「もーいーかい」という女の子のかぼそい声が、すぐうしろからきこえてきた。

ノブをまわす手がとまって、背すじがこおりつく。

おそるおそるふりかえると、目の前に、さっき理科準備室《りかじゅんびしつ》にかくれていた小さな女の子――かなちゃんが立っていた。

かなちゃんは、わたしにむかっておいでおいでをすると、一階の窓《まど》のひとつを指さした。理科室の窓だ。

わたしがその窓に手をかけると、窓は音もなくするすると開いた。かなちゃんが、ぴょんと先にとびこんで、中からまたおいでおいでをする。

わたしがまよっていると、ザバッという水音がきこえてきた。ふりかえると、男がプールからあがって、ふたたび金網《かなあみ》をよじのぼろうとしているところだった。

わたしはあわてて窓わくに手をかけると、からだをひきあげて、理科室にとびこんだ。

そのままころがるようにして、連絡《れんらく》とびらから理科準備室《りかじゅんびしつ》にかけこむと、かなちゃんがガイコツの前に立って、足下を指さしていた。

わたしはとっ手を思いきりひっぱって、床下《ゆかした》にとびこむと、中からふたを閉《し》めた。

ほとんど同時に、連絡とびらがバタンと開く音がする。

「どこにかくれやがった！」

男はあらあらしく足音をたてながら部屋の中を歩きまわると、

「ここでもない……」

「ここでもない……」

暗い声でつぶやきながら、ロッカーや戸だなを次々と開けていった。

しかも、その音はどんどん近づいてくる。

そして、ついに男はわたしの頭の上で立ちどまると、

「みーつけた」

低い声でつぶやいた。顔は見えないけど、にやりとした表情《ひょうじょう》が目にうかぶ。

わたしはこんなところにかくれてしまったことを後悔《こうかい》した。たしかに見つかりにくいかもしれないけど、見つかってしまったらにげ場がない。

わたしがまっ暗な穴《あな》の中でひざをかかえてふるえていると、

「うわー！」

頭上から、男の悲鳴と、バタンバタンとなにかがあばれるような音がきこえてきた。

なんだろうと思っていると、パッとふたがあいて、

「さあ、いまのうちよ」

女の人の声がした。顔をあげると、図工室であったお姉さんが手をのばしていた。

お姉さんに手をひかれて、準備室《じゅんびしつ》をでていく直前にふりかえると、ガイコツにだきつかれた男が、両手をめちゃくちゃにふりまわしているのが見えた。

通用口のかぎを中から開けて、校舎《こうしゃ》の外にでると、目の前に人かげがとびだしてきた。

わたしはきょう何度目かの悲鳴をあげそうになって、直前で飲みこんだ。

「岸里《きしざと》さん？」

目の前に現《あらわ》れたのは、山岸《やまぎし》さんだったのだ。

わたしはホッとするあまり、腰《こし》がぬけたようになって、その場に座《すわ》りこんでしまった。

そんなわたしを見て、山岸さんは意外なせりふを口にした。

「こんなところで、なにしてるの？」

「え？」

わたしは口をポカンとあけて、目をぱちくりさせた。そして、わたしが電話で呼《よ》びだされたことを説明すると、

「わたし、電話なんかかけてないわよ」

山岸さんもきょとんとして、首をふった。

「そうなんですか？」

「だって、こんな時間に学校にこいなんて、いうわけないじゃない」

いわれてみれば、たしかに電話の声は、いつもの山岸《やまぎし》さんとは少しちがっていたような気がする。だけど、電話で声をきくのははじめてだったので、気がつかなかったのだ。

「それじゃあ、いったいだれが……」

「たぶん、あの公園の女の子が、わたしのふりをしてあなたを呼《よ》びだして、あっちの世界へつれていこうとしたのね」

山岸さんは腰《こし》に手をあてて ためいきまじりにそういうと、すぐに表情《ひょうじょう》をゆるめてつづけた。

「でも、もうだいじょうぶよ。ちゃんと話はつけてきたから」

「はあ……」

どうやって話をつけたのかとか、ききたいことはいっぱいあったんだけど、なんだかいろんなことが一気におこりすぎて、頭がついていかなかった。

「えっと……それじゃあ、山岸さんはどうして学校に……？」

「なんだか胸《むな》さわぎがしたから、気になって……それで、岸里《きしざと》さんはだいじょうぶだったの?」

「それが、じつは……」

わたしは、放火犯《ほうかはん》らしき男に追いかけられて学校ににげこんだこと、男はいま、理科室にいることを山岸《やまぎし》さんに話した。

「なるほどね」

山岸さんは腕《うで》をくんだ。そして、

「本来は、警察《けいさつ》に通報《つうほう》してつかまえてもらうところなんだけど……どうする?」

とつぜん視線《しせん》を落として、足下にむかって話しかけた。すると、

「そうだな……ここは、わたしたちにまかせてくれるか?」

足下から落ち着いた声がかえってきた。山岸さんの視線の先を追って、わたしはあぜんとした。きれいな灰色《はいいろ》の毛並《けな》みをしたネコ――グレイが、人間の言葉でしゃべっていたのだ。

「あいつのおこした火事のせいで、われわれの仲間《なかま》もけがをしている。まずは、わたしした

ちが罰《ばつ》をあたえよう」

「そうね。まかせるわ」

山岸《やまぎし》さんがいうと、グレイは低い遠ぼえのような声をあげた。

すると、それに応《こた》えるかのように、校庭のあちこちから何十匹《びき》というネコがあらわれて、グレイを先頭に、開きっぱなしになっていた理科室の窓《まど》から次々ととびこんでいった。

次の瞬間《しゅんかん》、校舎《こうしゃ》の中からはげしい悲鳴がきこえてきた。

まるで何十匹ものネコにいっせいにひっかかれたようなその悲鳴に、わたしが身をちぢめていると、グレイがもどってきて、わたしをまっすぐに見あげながらいった。

「わかってるとは思うが、われわれのことは他言無用《たごんむよう》だからな。もし口外したら……」

わたしはあわてて何度もうなずいた。

グレイは前足についた赤い血をぺろりとなめて、まるで人間みたいな顔でニヤリと笑うと、とぶようなはやさでフェンスの外へとすがたを消した。

そのうしろすがたをぼうぜんと見おくっていると、山岸さんがわたしの肩《かた》を、ぽん、とたたいて、笑顔でいった。

「さあ、帰りましょう」

なんだか夢《ゆめ》からさめきれていないような気分で家に帰ると、佳代《かよ》ちゃんから電話がかかってきた。

「ねえねえ、ニュース見た？」

電話にでるなり、佳代ちゃんは興奮《こうふん》した口調できりだした。

佳代ちゃんの話によると、きょうの夕方、市役所で火事があったらしい。

しかも、出火場所は怪談《かいだん》コンテストの事務局で、幸いけが人はでなかったけど、いままでに送られてきた手紙やファックスはもちろん、メールを保存《ほぞん》していたパソコンまで燃《も》えてしまったため、コンテストは中止になるだろうということだった。

「それがね……」佳代ちゃんは声をひそめた。

「お母さんにきいたら、二十年前のコンテストも、やっぱり火事で中止になったんだって」

そういえば、佳代ちゃんのお母さんも同じ小学校の卒業生《そつぎょうせい》だ。

「ねえ……やっぱり、このコンテストには関わらない方がいいんじゃない？」

佳代ちゃんの言葉に、わたしは心の底《そこ》からうなずいた。

「うん。もうこりごり」

「え？」

「なんでもない」わたしは笑った。

「あした、くわしく話すから」

また学校で、といって電話を切ると、わたしは部屋にもどってベッドにねころんだ。

やっぱり警告《けいこく》してくれてたのかな……と思いながら、『黄色い本』を最初からパラパラとめくっていく。すると、冊子《さっし》の一番最後のページが、ぴったりとはりついていることに気がついた。

やぶらないように注意しながら、慎重《しんちょう》にはがすと、中から現れたのは、こんな文章だった。

「あとがき
あなたの学校の怖《こわ》い怪談《かいだん》、いかがでしたか？

怪談《かいだん》コンテストは原因不明《げんいんふめい》の火事のため、残念《ざんねん》ながら中止になってしまいましたが、みんなが応募《おうぼ》してくれた怪談は、こういう形でのこすことができました。

読んでもらえればわかるように、怪談はいつでもあなたのすぐそばにあります。

そして、怖いばかりではなく、あなたの味方《みかた》にもなってくれるはずです。

怪談にでてくる幽霊《ゆうれい》や妖怪《ようかい》たちも、おなじ学校の仲間《なかま》なのですから。

最後に、司書の山岸《やまぎし》さん、冊子《さっし》の編集《へんしゅう》を手伝っていただいて、ありがとうございました。

六年四組　山岸良介《やまぎしりょうすけ》」


次の日の放課後。

『黄色い本』をかえそうと図書室にいくと、めずらしく、貸《か》しだしカウンターの中に山岸さんのすがたはなかった。

しかたなく本だなの間をぶらぶらと歩いていると、奥《おく》の方から女の子の話し声がきこえてきた。

「ねえねえ、一番怖《こわ》い怪談《かいだん》って知ってる?」

「一番怖い怪談?」

「うん」

「なんだろ……」

「あのね……」

その会話にさそわれるように、わたしが本だなのかげから顔をのぞかせると、並《なら》んで座《すわ》っていたふたりの女の子が、パッと顔をあげてわたしを見た。おとといの放課後、六年四組の教室で見かけた二人組だ。

「あの……一番怖い怪談って……」

わたしがおずおずと話しかけると、

「あなたも知りたいの?」

髪《かみ》の長い女の子がわたしの目をじっと見つめながら、にやりと笑ってきいてきた。口元は笑っているのに、その目はまったく笑っていない。わたしが目をそらせずにいると、

「あら、岸里《きしざと》さん」

とつぜんうしろから名前を呼《よ》ばれて、わたしははじかれたようにふりかえった。本の山を両手にかかえた山岸《やまぎし》さんが、首をかしげて立っている。

「そんなところで、なにしてるの?」

そういわれて、わたしが視線《しせん》をもどすと、女の子たちはいつのまにかいなくなっていた。

「どうしたの?」

山岸さんに声をかけられて、わたしは「いえ……」と首をふりながら、山岸さんのあとについてカウンターの方へとむかった。


カウンターにもどった山岸さんは、わたしの足下に目をむけると、

「足はもうだいじょうぶ?」

ときいた。

「はい」

わたしが元気よくうなずくと、山岸さんは笑顔になった。それから、カウンターの上に

身をのりだして、声をひそめていった。

「きのうの男、つかまったみたいよ」

山岸《やまぎし》さんの話によると、きのうの放火犯《ほうかはん》は、全身まるでネコにひっかかれたみたいなきずだらけの状態《じょうたい》で児童公園《じどうこうえん》にたおれているところを、ゆうべおそくにパトロール中の警察官《けいさつかん》に発見されたらしい。

「ただ、連続放火《れんぞくほうか》についてはみとめてるけど、市役所の火事だけは否認《ひにん》してるんですって」

「わたしも、あれは放火じゃないような気がします」

わたしは小さくうなずいた。なにしろ、二十年前にも同じような火事がおこっているのだ。放火よりもむしろ、怪談《かいだん》コンテストの方に原因《げんいん》があるんじゃないだろうかという気がしてくる。

「あ、それから……」

山岸さんはパチンと手をたたくと、カウンターの下からきのうの写真をとりだした。

「これ、岡田《おかだ》くんにかえしておいて。もうだいじょうぶだからって」

わたしはおそるおそる写真に顔を近づけた。たしかに女の子のすがたはどこにもない。

「きのう、『話をつけた』っていってましたけど、いったいどうやったんですか?」

わたしがきのうから気になっていたことをたずねると、山岸《やまぎし》さんはしずかな口調で語りだした。

山岸さんの話によると、あのおかっぱ頭の女の子は、いまから十年以上《いじょう》前、遊んでいる途中《とちゅう》で石垣《いしがき》から足をすべらせて転落し、頭を打って亡《な》くなった女の子の霊《れい》だったらしい。

「――落ちたのが人気《ひとけ》のない場所だったから、落ちてからもしばらくの間、だれにも気づかれなかったみたいなの。そのせいで、あの場所に〈思い〉がのこっちゃったのね」

山岸さんはそこで言葉を切ると、少しいいづらそうにつづけた。

「それでね、岸里《きしざと》さんが目をつけられた理由なんだけど……どうやら、写真を撮《と》るときに岸里さんが立っていたのが、ちょうど彼女《かのじょ》がたおれていた場所だったみたいなのよ」

「そんな……」

わたしは思わず声をあげた。そんなことをいわれても、どうしようもないではないか。

わたしのいいたいことがわかったのだろう、山岸さんも顔をしかめてうなずいて、

「そうなんだけど、ああいう人たちにとって、こういうのはりくつじゃないのよ」

ためいきまじりにそういった。

「まあ、今回は知らなかったからということで話をつけてきたから、これからは、あの場所にはなるべく近づかないようにしてね」

わたしは無言でうなずいた。いわれなくても、二度と近づきたいとは思わない。

「あ、そうだ。これ、おかえしします」

わたしはかばんに手を入れると、『黄色い本』をとりだした。

「怪談《かいだん》は、もうこりた？」

本を受けとりながら、いたずらっぽくほほえむ山岸《やまぎし》さんに、わたしはちょっと考えてから首をふってみせた。そして、

「せっかくだから、今度の学校新聞でみんなから怪談を募集《ぼしゅう》して、こんな冊子《さっし》をつくろうと思ってるんですけど……」

山岸さんの顔をまっすぐに見つめながらいった。

「そのときは、山岸さんも協力してくれますか？」

山岸《やまぎし》さんは、ちょっとおどろいた様子で目を見開いたけど、すぐににっこり笑ってうなずいた。

「それじゃあ、失礼します」

わたしが帰ろうとすると、

「なにか読みたい本はないの？」

山岸さんの声が追いかけてきた。

「そうですね……」

わたしは足をとめてカウンターの方にむきなおると、ちょっと考えてから答えた。

「……一番怖《こわ》い怪談《かいだん》がのってる本って、ありますか？」

「一番怖い怪談？」

山岸さんは、一瞬《いっしゅん》考えるそぶりを見せると、

「だったら、これなんかどうかしら」

どこからとりだしたのか、カウンターの上に一冊《さつ》の本を置いた。

そのタイトルと作者の名前を見て、わたしはうごけなくなった。

山岸《やまぎし》さんが、おもしろがるような表情《ひょうじょう》でわたしを見ている。
本の表紙には、こう書かれてあった。

『怖《こわ》い本　山岸良介《りょうすけ》』

衝《しょう》撃《げき》のラスト!!
怪談本の作者「山岸良介」の正体が
ついに明らかに？
2013年3月刊行予定!!
――今までの怖さはまだ序の口だ
シリーズ最終巻『怖い本』
（緑川聖司・作／竹岡美穂・絵）

**緑川聖司（みどりかわ　せいじ）**
2003年『晴れた日は図書館へいこう』が第1回日本児童文学者協会長編児童文学新人賞を受賞。作品に『プールにすむ河童の謎』、『ちょっとした奇跡 晴れた日は図書館へいこう2』（以上小峰書店）があり、短編に「三月の新入生」（『7days wonder 紅桃寮の七日間』所収／ポプラ社）などがある。大阪府在住。

**竹岡美穂（たけおか　みほ）**
人気のフリーイラストレーター。おもな挿絵作品に「文学少女」シリーズ、「ヒカルが地球にいたころ」シリーズ（ともにエンターブレイン）、「千年の時」シリーズ（学研）など多数ある。埼玉県在住。

2013年4月　第1刷　　　2022年7月　第6刷

---

図書館版 本の怪談シリーズ⑨

**学校《がっこう》の怪談《かいだん》　黄色《きいろ》い本《ほん》**

作　緑川聖司
絵　竹岡美穂
発行者　千葉　均
発行所　株式会社ポプラ社
〒102-8519　東京都千代田区麹町4-2-6　8・9F
ホームページ www.poplar.co.jp
印刷・製本　中央精版印刷株式会社
タイトルロゴデザイン 濱田悦裕　表紙デザイン 小谷瑞樹

---


ISBN978-4-591-13341-5　N.D.C.913　225p　18cm



P4097009